双葉文庫

はぐれ長屋の用心棒

老剣客躍る

鳥羽亮

目次

第一章　面　影　7
第二章　迫る敵影　56
第三章　つぶれ旗本　103
第四章　世継ぎ　153
第五章　対　面　203
第六章　自　害　250

この作品は双葉文庫のために書き下ろされました。

老剣客躍る　はぐれ長屋の用心棒

第一章　面　影

一

「旦那ァ、また来ておくれよ」

お吟《ぎん》が、華町源九郎《はなまちげんくろう》の腕に肩先を押しつけてきた。酒と脂粉の匂いがした。ほんのりと頰や首筋が朱に染まっている。

お吟は大年増《おおどしま》だった。まだ独り者で、深川今川町《いまがわちょう》にある小料理屋、浜乃屋《はまのや》の女将《おかみ》である。

「二、三日のうちにな」

源九郎は鼻の下を伸ばし、左手でそっとお吟の尻を撫《な》でた。

お吟は、ウフッ、と鼻先で笑い、

「菅井《すがい》の旦那もね」

と、源九郎の脇にいる菅井紋太夫《もんだゆう》に目をやって言った。

「ああ、気がむいたらな」

菅井は仏頂面《ぶっちょうづら》をして応えた。

菅井は五十路《いそじ》を過ぎていた。牢人の身だが、両国広小路《ひろこうじ》で居合抜きを観せて口を糊《のり》していた。大道芸人である。

菅井は、異様な風体をしていた。総髪が肩まで垂れている。面長で顎《あご》がしゃくれ、肉をえぐりとったように頬がこけ、細い目がつり上がっていた。般若《はんにゃ》のような顔が、酒気を帯びて赭黒《あかぐろ》く染まっている。その顔が、不機嫌そうにゆがんでいた。お吟が、源九郎にばかりべたべたしていたからである。

そこは、浜乃屋の店先だった。源九郎は、菅井とふたりで飲みに来た帰りだった。

源九郎と菅井は、本所相生町《あいおいちょう》にある伝兵衛店《でんべえだな》という棟割り長屋に住んでいた。ふたりとも独り暮らしである。

源九郎は還暦にちかい齢《とし》だった。鬢《びん》や髷《まげ》には、白髪が目立つ。丸顔ですこし垂れ目、しまりのない顔をしていた。生業《なりわい》は傘張りだが、それだけでは足りず、華町家からの合力で、なんとか暮らしている。

今日、源九郎は丸徳《まるとく》という傘屋にできたばかりの傘をとどけて、銭が入った。久し振りに、お吟のいる浜乃屋へ出かけて一杯やろうと思い、ひとりで伝兵衛店を出ようとした。そこで、菅井と鉢合わせし、

「おれも、居合の見世物ですこし銭が入ったから付き合おう」

と、菅井が言い出し、ふたりして浜乃屋に来たのである。

「ねえ、約束だよ」

お吟は、源九郎の腕をとったまま鼻声で言った。

「分かっているよ」

源九郎は、ニヤニヤしながらお吟の尻をさすっている。

お吟が、源九郎にすり寄っているのには理由《わけ》があった。お吟と源九郎は、情を通じ合った仲だった。もっとも、そうした関係は十年余もむかしのことで、いまは馴染《なじ》みの客と小料理屋の女将の関係をとおしている。

お吟は、袖返《そでがえ》しのお吟と呼ばれる女掏摸《すり》だった。たまたま、お吟は源九郎の懐を狙って押さえられた。そのとき、お吟といっしょにいた父親の栄吉《えいきち》が、お吟の代わりにあっしを捕らえてくれ、と訴えた。

源九郎は、栄吉の父親の情に心を打たれ、また、父娘《おやこ》が二度と掏摸はやらないと誓ったこともあって、ふたりを逃がしてやった。

その後、栄吉が掏摸仲間の争いにまきこまれて命を落とし、お吟も命が危うくなった。

源九郎は、お吟を助けて掏摸仲間と闘った。そうしたなかで、ふたりだけで夜を過ごすこともあり、源九郎とお吟は情を通じ合うような仲になったのだ。

その後、源九郎はお吟と距離を置き、客と小料理屋の女将の関係を保つようになった。源九郎には、還暦にちかい貧乏牢人と、小料理屋の粋な女将とではつり合いがとれないという気持ちがあった。それに、源九郎は、お吟のためにも、若い男と所帯を持って子供を産んでほしい、という思いが強かったのだ。

「華町、帰るぞ」

菅井が渋い顔をして言った。

「お吟、またな」

源九郎はお吟から身を離した。

源九郎と菅井は、浜乃屋の店先から離れ、夜陰のなかを歩きだした。振り返ると、お吟が店の戸口に立って見送ってくれている。

源九郎は心が残ったが、足をとめなかった。いまさらどうにもならないし、お吟もむかしの気持ちは失《う》せているだろう。

源九郎たちは路地を歩き、大川端の通りに出た。川上にむかい、竪川《たてかわ》にかかる一ツ目橋を渡れば、伝兵衛店のある本所相生町に出られる。

五ツ（午後八時）を過ぎているだろうか。頭上に、十六夜《いざよい》の月が皓々《こうこう》とかがやいていた。大川の川面は月光を映じて淡い青磁色《せいじいろ》にひかり、無数の波の起伏を刻んでいた。まるで、巨大な龍の鱗を思わせるようだった。その川面が、永代橋《えいたいばし》の彼方の闇のなかまでつづいている。

日中は人通りの多い大川端の道も、いまは人影がなく、通り沿いの店は表戸をしめてひっそりと寝静まっていた。聞こえてくるのは、汀《みぎわ》に寄せる波音と大川の流れの音だけである。

「うまい酒だったな」

源九郎が流れの音に負けないように声を大きくして言った。

「ああ……、おまえは、うまかったろうよ」

菅井は、まだ仏頂面をしている。

「菅井、今夜はこのまま寝るのは惜しいな」

源九郎が菅井に身を寄せ、声をひそめて言った。

「な、なんのことだ！」

菅井が、細い目を見開いて訊《き》いた。

「一勝負できるぞ」

「しょ、将棋か！」

菅井が声を上げた。

「菅井に、やる気があればな」

源九郎が薄笑いを浮かべて言った。

菅井は無類の将棋好きだった。暇さえあれば、将棋盤と駒の入った小箱をかかえて、源九郎のところへやってくるのだ。

「やる！　やる」

菅井が声を上げた。

菅井の顔から不機嫌そうな表情が消え、足が急に速くなった。

……こうなったら、一局だけでも付き合ってやるか。

源九郎は胸の内でつぶやき、菅井の後を追った。

二

源九郎たちが竪川にかかる一ツ目橋のたもとまで来たとき、橋のむこうで女の悲鳴が聞こえた。つづいて、男の声がした。子供であろうか。助けを呼ぶ声である。

「おい、だれか、襲われているぞ」

菅井が振り返って言った。

「女と子供だな」

「放ってはおけん」

菅井が駆けだした。

源九郎もつづいて走った。橋を渡り終えると、竪川の岸際に何人かの人影が見えた。夜陰のなかに、白刃が月光を反射《はね》て青白くひかっている。

子供連れの女が、三人の男に取り囲まれていた。三人の男は、いずれも武士らしかった。袴姿で、刀を手にしている。徒《いたずら》牢人ではないらしい。

三人の手にした刀は、女と子供にむけられていた。町人の母子《おやこ》らしい。子供は、十歳前後と思われる男児《おとこのこ》だった。まだ、前髪を残し、頭頂に芥子坊《けしぼう》を結っていた。女は男児をかばうように立っている。

「やつら、追剝《おいは》ぎか」

菅井が走りながら言った。

「わ、分からん。……と、ともかく、助けねば……」

源九郎が喘《あえ》ぎながら言った。

源九郎は老齢のせいもあって、走るのが苦手だった。すこし走るとすぐに息が上がり、足がもつれる。

「待て、待て！」

菅井が声を上げ、女と子供のそばに走り寄った。

源九郎も喘ぎながら、菅井の後につづいた。

三人の武士は、突然走り寄った源九郎と菅井を見て驚いたような顔をした。三人とも、一歩身を引いてから、源九郎たちに目をむけた。

「うぬら、追剝ぎか！」

菅井が子供の前に立ち、刀の柄《つか》に手をかけた。

菅井の般若のような顔が、月光のなかに浮かび上がった。細い双眸《そうぼう》がうすくひかっている。

一方、源九郎は女の前に立ち、左手で刀の鯉口《こいぐち》を切って抜刀体勢をとった。

「なんだ、おぬしらは」

源九郎の前にいた大柄な武士が訊いた。四十代半ばであろうか。眉《まゆ》が濃く、眼光の鋭い男である。

「と、通りすがりの者だ。……三人がかりで女子供を襲うとは、武士の風上にもおけぬやつらだ」

源九郎の声は、まだ乱れていた。心ノ臓も、早鐘のように鳴っている。

「どこの馬の骨かしらんが、命が惜しかったら、引っ込んでいろ。怪我だけでは、すまんぞ」

大柄な武士が揶揄《やゆ》するように言った。

武士は源九郎と菅井の姿を見て、侮《あなど》ったようだ。無理もない。源九郎は武士体だったが、老齢である。菅井も、初老といってもいい。それに、ふたりとも見るからに貧相で、頼りなげだった。

他のふたりの武士の顔にも、薄笑いが浮いている。

「おぬしらが、その気ならやるしかないな」

源九郎は右手を刀の柄に添えた。

源九郎は身装《みなり》や風貌は貧相だが、体は貧弱ではなかった。胸が厚く、腰はどっしりと据わっていた。剣の修行で鍛えた体である。源九郎は鏡新明智流《きょうしんめいちりゅう》の遣い手であった。

源九郎は少年のころ、鏡新明智流の桃井春蔵《もものいしゅんぞう》の士学館《しがくかん》に入門し、稽古に励んだのだ。桃井道場は、千葉周作《ちばしゅうさく》の北辰一刀流《ほくしんいっとうりゅう》、玄武館《げんぶかん》、斎藤弥九郎《さいとうやくろう》の神道無念流《しんとうむねんりゅう》、練兵館《れんぺいかん》と並び、江戸の三大道場と謳《うた》われる名門である。

源九郎は士学館で俊英といわれるほど腕を上げたが、二十代半ばに父が病に倒れたために家督を継ぎ、士学館をやめてしまった。その後、剣壇から離れたこともあり、剣で身を立てることはかなわなかったのだ。

「やる気か」

大柄な武士は、切っ先を源九郎にむけた。

すかさず、源九郎は抜刀し、青眼に構えた。

武士が驚いたような顔をした。源九郎の構えに隙がなく、剣尖《けんせん》には、そのまま眼前に迫ってくるような威圧感があったからである。

だが、武士に怯《ひる》んだ様子はなかった。全身に闘気をみなぎらせ、足裏を摺《す》るようにして間合を狭めてきた。

一方、菅井は小太りの武士と対峙《たいじ》していた。三十がらみであろうか。丸顔で、浅黒い肌をしていた。

もうひとりは、長身の武士だった。源九郎の左手にまわり込んでいる。ただ、源九郎との間合は遠かった。源九郎との闘いは、大柄な武士にまかせる気でいるのだろう。

小太りの武士の口許に、嘲笑《ちようしよう》が浮いていた。菅井の貧相な姿と長い総髪を見て、真っ当な男ではないと思ったのかもしれない。

「手を引くなら、いまのうちだぞ」

小太りの武士は、切っ先を菅井にむけた。

「いくぞ！」

菅井は刀の柄に右手を添え、居合腰に沈めて居合の抜刀体勢をとった。

菅井は居合を大道芸の見世物にしていたが、腕は本物だった。田宮流《たみやりゆう》居合の達人である。

「居合か！」

小太りの武士が、驚いたような顔をした。対峙した貧相な武士が居合を遣うとは、思ってもみなかったのだろう。

菅井は小太りの武士を見すえたまま趾《あしゆび》を這《は》うように動かし、すこし間合をつめた。居合は、抜き付けの一刀で勝負を決することが多い。居合は抜刀の迅《はや》さにくわえ、敵との間合の読みが大事である。

小太りの男は青眼に構え、剣尖を菅井の目線につけた。隙のない構えで、腰が据わっている。

……なかなかの遣い手だ。

と、菅井は察知した。

だが、菅井はすこしも臆さなかった。菅井は己の居合で、多くの真剣勝負の修羅場をくぐってきた。構え合っただけで、この相手に、後れをとることはない、とみる目をもっていた。

菅井と小太りの武士の間合が、しだいに狭まっていく。ふたりの全身に気勢が漲《みなぎ》り、斬撃の気配が高まってきた。

イヤアッ！

ふいに、小太りの武士が甲走った気合を発した。ジリジリと迫ってくる菅井に威圧を感じ、気合で菅井の気を乱そうとしたのだ。

だが、気合を発した瞬間、菅井にむけられていた小太りの武士の切っ先が揺れた。この一瞬の隙を菅井がとらえた。

半歩踏み込みざま、鋭い気合を発して抜き付けた。

シャッ、という刀身の鞘走《さやばし》る音がし、稲妻のような閃光《せんこう》が菅井の腰元から逆《ぎやく》袈裟《げさ》にはしった。

迅い！

居合の神速の一刀である。

瞬間、小太りの武士は身を引いた。

だが、間に合わなかった。菅井の居合の一刀は、小太りの武士が身を引くより迅かったのだ。

小太りの武士の着物が脇腹から胸にかけて斜に裂け、あらわになった肌に血の筋が浮いた。

小太りの武士は、驚愕《きようがく》に目を剝《む》いて後じさった。脇腹の傷は浅手だったが、菅井の居合の迅さに度肝を抜かれたらしい。

菅井はすばやい動きで納刀した。居合の多くの技は、抜いてしまうと遣えない。そのため、納刀の迅さも居合の腕のうちと言われている。

「サァ、こい！」

菅井は居合の抜刀体勢をとったまま、小太りの武士との間合をつめた。

小太りの武士は、ひき攣《つ》ったように顔をゆがめ、

「この場は引くぞ！　遣い手だ」

叫びざま反転して駆けだした。

三

このとき、源九郎は大柄な武士と対峙していた。

ふたりの間合はおよそ三間半――。ふたりは相青眼に構え合っていた。すでにふたりは、一合していた。

大柄な武士の右袖が裂け、かすかに血の色があった。源九郎は着物の右の肩先を斬られていたが、血の色はなかった。

大柄な武士は小太りの武士が、この場は引くぞ！　遣い手だ、という声を聞くと、慌てて後じさった。そして、小太りの武士がその場を駆け去るのを目にすると、

「勝負は、あずけた！」

と、源九郎に声をかけ、抜き身を手にしたまま小太りの武士の後を追った。

源九郎の左手にいた長身の武士も、大柄な武士とともにその場から走り去った。

源九郎と菅井は、三人の武士を追わなかった。もっとも、三人の武士の逃げ足は速く、追っても逃げられただろう。

源九郎と菅井は、竪川の岸際に立って身を顫《ふる》わせている母子らしいふたりのそばに歩を寄せた。

「大事ないかな」

源九郎が母親らしい女に声をかけた。

「は、はい……。お助けいただき、ありがとうございました」

女が声を震わせて言った。

源九郎を見上げた女の顔が、月光に照らされて白く浮き上がったように見えた。

……千代《ちよ》に似ている！

と、源九郎は思った。

千代は源九郎の亡妻だった。源九郎が五十二歳のとき、長年連れ添った千代は病で亡くなったのである。

当時、源九郎は五十石の御家人の当主だったが、妻の千代が亡くなり、倅の俊《しゅん》之介《のすけ》が嫁を貰《もら》ったのを機に家督をゆずって家を出た。若夫婦に気兼ねしながら暮らすのが嫌だったのである。

家を出て住み着いたのが、伝兵衛店だった。その後、源九郎は寡男《やもお》暮らしをつづけている。

女の顔は、面長で色白だった。三十がらみであろうか。憔悴《しょうすい》したような顔をしていたが、優しげな目差《まなざし》をし、形のいい唇をしていた。なかなかの美人である。

女は戸惑うような顔をし、視線を揺らした。源九郎が、まじまじと顔を見つめていたからであろう。

「い、いや、怪我がなくてよかった」

源九郎が声をつまらせて言った。

「おふたりのお蔭です」

「あやつら何者なのだ。……追剝ぎには、見えなかったが」

菅井が訊いた。

「わ、分かりません。この場で待ち伏せしていたらしく、急に、木の陰から飛び出してきて……」

女が震えを帯びた声で言った。

「うむ……」

源九郎は、何か特別な事情がありそうだと思った。武士が三人で、町人の母子と思われる女と男児を襲ったのだ。ふたりを斬り殺そうとしたのか連れ去ろうとしたのか、はっきりしないが、特別の事情があってのことだろう。

「なんという名だな」

源九郎が女に訊いた。

「さきです」

女が、この子は、太助《たすけ》です、と言い添えた。

すると、おさきの脇に立っていた男児が、

「おいら、太助。……六つだよ」

と、源九郎を見上げて言った。

「ふたりして、どこへ行くところだったのだ」

源九郎は、ふたりを家まで送ってやろうと思って訊いた。

「馬喰町《ばくろちょう》の家に帰るところでした」

おさきによると、本所緑町《みどりちょう》にある親戚の家に行った帰りだという。本所緑町は相生町の東方に位置し、竪川沿いにひろがっている。

「近くまで送ってやろう。あやつらが、どこかで待ち伏せしてるかもしれん」

源九郎が言った。日本橋馬喰町は、そう遠くなかった。大川にかかる両国橋を渡った先である。

「いえ、ふたりで帰れますから……」

おさきが、戸惑うような顔をして言った。

「なに、気にすることはない。わしらふたりは暇でな。どうせ、長屋に帰って寝るだけなのだ」

源九郎が菅井に目をやって言うと、菅井は渋い顔をしたが、

「送ろう」

と言い、勝手に両国橋の方に歩きだした。

おさきは慌てて太助の手を引き、ありがとうございます、と言って菅井の後についた。おさきも、断りようがなかったらしい。

源九郎がおさきの脇を歩いていると、

「お武家さまの、お名を聞かせてもらえますか」

おさきが、小声で訊いた。

「わしの名前は、華町源九郎。前を歩いている男は、菅井紋太夫だ。わしらふたりは、近くの長屋に住んでいる」

源九郎は、伝兵衛店の名までは口にしなかった。もっとも、近くで源九郎と菅井の名を出せば、伝兵衛店に住んでいることは分かるはずである。

ただ、伝兵衛店というより、はぐれ長屋といった方が分かりがいい。界隈《かいわい》では、はぐれ長屋と呼ばれていた。食い詰め牢人、大道芸人、その日暮らしの日傭《ひよう》取り、その道から挫折した職人など、はぐれ者が多く住んでいたからである。源九郎も菅井も、はぐれ者のひとりといっていい。

「事情は知らぬが、夜分はあまり出歩かぬ方がいいな。どこに、どんな輩《やから》がいるかしれんからな」

歩きながら源九郎が言った。

「そうします」

おさきは歩きながら、源九郎にちいさく頭を下げた。

源九郎たち四人は両国橋を渡り、両国広小路を西にむかった。日中は賑やかな広小路も、いまは夜陰につつまれひっそりとしていた。ときおり、酔いどれや夜鷹らしい女などが通りかかるだけである。

源九郎たちは、浅草御門の前を左手におれた。そこは、日本橋につづく表通りである。通りをいっとき歩くと、馬喰町に入った。

おさきは、店仕舞いした大店《おおだな》の前で足をとめ、

「吉崎屋《よしざきや》さんの脇を入れば、すぐですから」

と言って、源九郎と菅井に頭を下げた。

大店は吉崎屋という呉服屋だった。立て看板に、「呉服、太物《ふともの》類、吉崎屋」と記してあった。呉服の他に太物も扱っているらしい。

その吉崎屋の脇に路地があった。おさきによると、松右衛門《まつえもん》店《だな》という長屋に住んでいるという。

「そうか、わしらはここで引き上げよう」

源九郎は、長屋の前までついていくこともない、と思った。

おさきは源九郎と菅井に何度も礼を言ってから、太助の手を引いて吉崎屋の脇の路地に入った。

おさきたちの姿が見えなくなると、源九郎と菅井はきびすを返して歩きだし

た。

菅井が人影のない表通りを歩きながら、

「華町、おれたちはこれからだな」

そう言って、源九郎の顔を覗《のぞ》き込むように見た。

「何のことだ」

「将棋だよ、将棋。こうなったら、夜通しだな」

「……………」

長屋に帰ったら、もう寝たい、と源九郎は思ったが、口にできなかった。今夜、将棋をやろうと言い出したのは、源九郎である。

源九郎は肩を落として、菅井についていった。

四

「華町、その金《きん》は待て」

菅井が顔をしかめて言った。

「待てだと。……待てとは、将棋指しの言とは思えんぞ」

源九郎が、顎を突き出すようにして言った。

源九郎が王の前に金を打ったのだ。王手飛車とりの妙手である。

はぐれ長屋の源九郎の家だった。座敷には源九郎と菅井、それに茂次《しげじ》がいた。

茂次は源九郎たちが将棋を指しているのを見ている。

茂次は、研師《とぎし》だった。名のある研屋に弟子入りしたのだが、師匠と喧嘩して飛び出し、いまは裏路地や長屋をまわって、包丁、剃刀《かみそり》、鋏《はさみ》などを研いで暮らしをたてていた。茂次も、その道から挫折した職人で、はぐれ者のひとりだった。お梅《うめ》という幼馴染みといっしょになり、ふたりではぐれ長屋に住んでいる。

源九郎と菅井が、おさきと太助を三人の武士から助けて、三日経っていた。

今朝は、雨だった。雨天の日は茂次や菅井のように屋外で仕事をする者は、商売にならない。それで、まず菅井が将棋盤を持って源九郎の家にあらわれ、しばらくして茂次が顔を出したのだ。

「うむ……」

菅井は低い唸《うな》り声を上げて将棋盤を睨《にら》みつけている。

「……」

考え込むような局面ではあるまい、王を逃がすしか手はないではないか、と源九郎は思ったが、黙っていた。

菅井はしばらく考えていたが、

「ならば、これだ！」

と、声を上げ、おもむろに王を引いた。王を逃がしたのである。

「では、飛車をいただくかな」

源九郎は、ニンマリして金で飛車をとった。

飛車をとったことで、形勢は大きく源九郎にかたむいた。あと、十手も指せば、詰むのではあるまいか。

「飛車をとったか」

菅井は、また長考に入った。般若のような顔を赭黒く染めて将棋盤を睨みつけている。

「ああ……」

茂次が両手を突き上げて、大きく伸びをした。

そのときだった。戸口に近付いてくる下駄《げた》の音がした。何人かいるようだ。足音は、戸口でとまった。

「華町どの、おられるか」

腰高障子の向こうで、男の声がした。武士らしい物言いである。傘を打つ雨音は、聞こえなかった。雨がやんだか、小降りになったかである。

源九郎は聞き覚えのない声だったが、

「入ってくれ」

と、声をかけた。

腰高障子があいて、小袖に袴姿の武士が姿を見せた。老齢である。鬢や髷に白髪が目だった。その武士の脇に、女と男児が立っていた。おさきと太助である。

「おさきさんと、太助か」

源九郎が声をかけた。

菅井も将棋盤から目を離し、戸口に顔をむけた。

「先日は、助けていただき、ありがとうございました」

おさきが源九郎たちに頭を下げると、太助もいっしょに頭を下げた。畏《かしこ》まっている。

「華町どの、青山弥太郎《あおやまやたろう》でござる。……士学館で、同門だった青山でござる」

武士が懐かしそうな声で言った。

面長で鼻梁《びりよう》が高く、痩せていた。額に横皺《よこじわ》がよっている。

「士学館の青山……」

源九郎は、士学館に通っていたころの門弟たちの顔を思い浮かべた。

「おお！　青山か」

思い出した。二、三歳下だった門弟の顔と、目の前にいる青山の顔が重なったのである。だいぶ老けていたが、面影は残っている。

青山は若手のなかでは群を抜いた遣い手だった。源九郎は兄弟子だったが、ほぼ互角で打ち合った。源九郎が士学館を出た後も、道場で稽古をつづけたはずなので、さらに腕を上げたことだろう。

ただ、源九郎は道場をやめた後、青山と顔を合わせたことはないので、いまどこで何をしているのか、知らなかった。

「まさか、おさきさんは、おまえの……」

源九郎は青山とおさきに目をやった。

「な、なにを言う。……勘違いするな。わしとおさきどのは、まったくの他人だ」

青山が声をつまらせて言った。顔が、赭く染まっている。

おさきも顔を赤くして、目のやり場がないようにあちこちに視線をむけていた。太助は大人たちのやりとりより、将棋に興味を持ったのか、土間で爪先《つまさき》立ちして、将棋盤を覗くように見ている。

「そうだろうな」

青山の妻女にしては、おさきは若過ぎる。それに、青山の妻女なら武家ふうの恰好《かっこう》をしているはずだ。

「おさきどのから、華町どのの名を聞いてな。もしや、と思い、訪ねてきたわけだ」

「そうか。まァ、上がってくれ。見た通りの男所帯でな。腰を下ろす場もないようなところだ」

源九郎が照れたような顔をして言った。

「将棋でござるか」

青山が、土間に立ったまま将棋盤に目をやった。

すると、菅井は何を思ったか、いきなり盤の上の駒を掻《か》き混ぜ、

「勝負は互角でな。すぐには、終わりそうもないのだ。今日のところは、引き分けということにする」

と、もっともらしい顔をして言った。どうやら、自分が不利なところを青山に見せたくなかったらしい。

「……」

源九郎は、何が互角だ、勝負はついていたではないか、と思ったが、黙っていた。ここで、言い合っていては余りに大人げがない。

「おさきどの、上がらせてもらおう」

青山が小声で言った。

おさきは表情を硬くして、ちいさくうなずいた。そして、太助とふたりで座敷に上がり、肩をすぼめて座った。おさきは、思い詰めたような顔をしている。

……何かあるな。

おさきと青山は、礼を言いにきただけではない、と源九郎は察知した。

青山は源九郎の脇に座している茂次を目にし、

「華町どの、そこの若い方は」

と、訊いた。青山は茂次にも話していいかどうか迷っているようだ。

「茂次といってな。わしらの仲間だ。……身内と思ってもらってもいい」

源九郎が言うと、

「茂次ともうしやす。お見知り置きを」

茂次が首をすくめるようにして頭を下げた。

「ならば、そなたにも頼むことになるかもしれぬ」

青山が声をあらためて言った。

五

「実は、華町どののたちに頼みがあって来たのだ。華町どののたちが、他人の様々な難事を解決してきたと聞いたのでな」

そう言って、青山が源九郎たちに目をやった。

源九郎たちは、これまで依頼されて、商家を強請《ゆす》った徒牢人を追い返したり、勾引《かどわ》かされた娘を助け出したりして、礼金や始末料などをもらっていた。そんな源九郎たちを、はぐれ長屋の用心棒などと呼ぶ者もいる。

「いや、わしは、見たとおりの年寄りだし、世話になるだけで、何もできぬ」

源九郎が困惑したように言った。

「ともかく、話を聞いてくれんか」

青山が言うと、おさきが、

「華町さま、お願いします」

と、切羽詰まったような声で言い添えた。

「話してくれ」

源九郎は、おさきの切羽詰まった声を聞いて、また亡くなった千代のことを思い出し、おさきを助けてやりたい気持ちになった。

「おさきどのと太助は、命を狙われてるようなのだ」

青山が声をひそめて言った。

「一ツ目橋近くで、襲った三人だな」

源九郎が言った。

菅井と茂次は黙って聞いている。

「そうだ」

「何者なのだ」

「それが、分からないのだ。実は、以前、おさきどのは三人のうちのふたりに襲われたことがあるのだ。そのときは、わしと小暮又四郎《こぐれまたしろう》という男が、いっしょにいてな。何とか、おさきどのの身を守ることができたのだ。……ところが、今度は三人に命を狙われた。このままでは、とてもおさきどのを守ることはできない。……それで、華町どのたちに、頼みにきたのだ」

青山が真剣な顔をして言った。

「そやつら、なぜ、おさきさんたちを狙うのだ」

源九郎は、腑《ふ》に落ちなかった。三人もの武士が、町人の母子の命を狙っているという。それに、青山はおさきたちとどんなかかわりがあるのだろうか。

「それも、はっきりしない」

青山が言うと、

「わたしにも、分からないのです」

と、おさきが困惑したように眉を寄せて言った。

「妙な話だな。三人の武士は、まったく見知らぬ者たちなのか」

脇から、菅井が訊いた。茂次まで、首をひねっている。

「はい」

おさきが、消え入りそうな声で言った。

「うむ……」

源九郎は、おさきや青山が嘘を言っているとは思えなかった。かといって、何の理由もなく、三人の武士がおさきと太助の命を狙うはずはない。

「ところで、青山、おぬしは、なぜおさきさんたちを守ろうとしているのだ」

源九郎が訊いた。ふたりの間には、特別な関係があるようだ。青山が、おさきどのとはまったくの他人だ、とはっきり言ったので、男と女の関係ではないようだが――。

「これには、理由《わけ》がある」

青山が急に厳《いか》めしい顔をした。

「その理由を話してくれ」

「わしは、さる旗本にお仕えしている身だが、華町どのは知っておられるか」

「知らんな」

青山と同門だったのは、若いころのことである。もう、四十年ちかく経つ。青山がどこでどうしていたか、まったく知らなかった。

「いまは、わしがお仕えしている旗本の名は言えないが、その旗本の指図で、おさきどのたちを守っているのだ」

青山によると、以前、おさきたちを助けた小暮又四郎も、その旗本に仕える家士だという。

青山の物言いが、同僚のようになってきた。当然だろう。兄弟子だったとはいえ、もう四十年ほども昔のことなのだ。

「おさきさんとその旗本は、どういう関係なのだ」

ふいに、菅井がおさきに訊いた。

「む、むかし、お世話になったことが……」

おさきは顔を伏せ、蚊の鳴くような声で言った。色白の顔が、朱を刷《は》いたように染まっている。

……どうやら、その旗本とおさきは、できていたらしい。

と、源九郎は察した。とすれば、太助は、その旗本の隠し子かもしれない。おさきたちを襲った三人の武士は、その旗本にかかわりのある者たちではあるまいか。

源九郎が黙考していると、

「華町どの、どうかな。おさきどのたちを守ってもらえんか。このままでは、おさきどのも太助も、きゃつらに命を奪われるかもしれん」

青山が顔をけわしくして言った。

「うむ……」

源九郎は、おさきと太助を守ってやりたい、と思った。ただ、旗本の名も分からず、命を狙っている三人の武士も分からないのでは、守るのもむずかしい。いつも、おさきたちのそばにいるわけにはいかないのだ。

「これは、わしがお仕えしている殿から預かってきたのだが……」

そう言って、青山は懐から袱紗《ふくさ》包みを取り出した。

……百両か！

源九郎は胸の内で声を上げた。

袱紗包みの膨らみ具合からみて、切り餅が四つ、百両包んでありそうだった。切り餅は一分銀を百枚、方形に包んだもので、ひとつ二十五両である。四つあれば百両ということになる。

源九郎は、菅井と茂次に目をやった。

菅井は口を引き結んだまま、ちいさくうなずいた。茂次は、やる、やる、と口だけ動かして源九郎に知らせた。ふたりは袱紗包みを見て、やる気になったようだ。

「おさきさんと太助を助けるなら、やってもいい」

源九郎がおもむろに言った。

「それはありがたい。おさきどの、よかったな」

青山がおさきに目をやって言った。

おさきは、ほっとしたような顔をしてうなずいた。太助は団栗眼《どんぐりまなこ》を瞠《みひら》いて、源九郎や菅井たちを見つめている。

「もうひとつ、頼みがあるのだ」

青山が声をあらためて言った。

「なんだ」

「これから先、おさきどのと太助を、馬喰町の長屋に住まわせておくことができないのだ。おさきどのたちを狙っている者たちに知れているし、ふたりのそばにいて守ることもできない」

「……………」

源九郎も、馬喰町の長屋に住んでいるおさきたちを守るのはむずかしい、と思った。

「それで、おさきどのたちを、この長屋に住まわせてもらいたいのだ」

「なに、この長屋に住むだと！」

思わず、源九郎の声が大きくなった。

「家はあいているかな」

「あいていることはあいているが……」

半月ほど前、手間賃稼ぎの大工が下谷《したや》に越していった。その部屋が、あいたままになっている。

「何とか、この長屋に住まわせてもらえないかな。……ここなら、安心だ。華町どのたちが、いつもいっしょだからな」

「うむ……」

断ることはできない。百両をもらい、おさきたちを守ることを承知している。

「大家に話してもいいが」

しかたなく、源九郎が言った。

大家の伝兵衛は、長屋の近くの借家に住んでいた。源九郎は伝兵衛とも親しくしていたので、話せばあいている部屋に住まわせてくれるだろう。

「わしも、この長屋に住みたいのだ」

さらに、青山が言った。

「おぬしが、おさきさんといっしょに住むのか！」

源九郎は驚いて聞き返した。おさきと青山は、夫婦としてこの長屋で暮らすつもりなのか──。

「い、いや、わしは別だ。……別の部屋は、あいていないか」

慌てて、青山が言った。

「ひと部屋しかあいてないぞ」

「この長屋に通うことはできんし、わしは、どんなところでもいいのだがな」

青山によると、いまは馬喰町の借家に独り暮らしをしているそうだ。華町と同様、倅が嫁をもらい、青山が住んでいた家で暮らしているという。倅は、別の旗本の家士として仕えているそうだ。

そのとき、黙って聞いていた菅井が、

「青山どのは、将棋を指すか」

と、訊いた。

「将棋は好きだ。いつでも、相手になるが」

青山が将棋盤に目をやって言った。

「それなら、おれの家に住めばいい。おれは独り暮らしでな。青山どのも、いっしょに暮らせるはずだ」

菅井がニンマリして言った。

六

いつの間にか、雨はやんでいた。源九郎は、青山、おさき、太助の三人を、大家の伝兵衛の家に連れていった。

源九郎は伝兵衛に、

「おさきさんは、わしの知り合いなのだ。身元もしっかりしているので、長屋に住まわせてもらいたい。ここにいる青山は、わしの若いころからの知り合いでな、ふたりの請け人になってくれるはずだ。……それに、わしが請け人になってもいいぞ」

と、もっともらしく話した。

「そういう方なら、ぜひ、長屋で暮らしてくだされ。ちょうど、あいている部屋がございます」

伝兵衛は、笑みを浮かべた。

大家としても、あいている部屋に身元のしっかりした者が店子《たなこ》として入ってくれることは、ありがたいことであった。それだけ、店賃が入るのである。

「長屋まで来ることはないと思うが、おさきさんや太助のことを訊きにきた者がいても、知らない、と答えておいてくれんか。……おさきさんは、よからぬ男に惚《ほ》れられてな。居所を知られたくないらしいのだ」

源九郎がもっともらしい顔をして言った。

おさきは、視線を膝先に落としたまま身を硬くしている。

「分かりました。まァ、若いころは、いろいろありますからねえ」

伝兵衛が目を細めて言った。

伝兵衛は還暦にちかく、源九郎や青山と同じ年頃である。

「では、明日から住まわせていただく」

青山が脇から口をはさんだ。

源九郎たちは伝兵衛の家を出ると、はぐれ長屋にもどった。

源九郎は、お熊《くま》、おとよ、おまつなどの長屋の女房連中に頼み、おさきと太助の住む家の掃除をしてもらった。お熊たちは、はりきって部屋の掃除にとりかかった。こうしたとき、長屋の女房連中は役にたつ。まるで、自分の身内が越してきたように親身になって動いてくれる。そして、引っ越しの手伝いをしながら、新しく越してくる家族のことを根掘り葉掘り訊く。新しい住人のことが知りたいのだ。

一刻(二時間)ほどして、掃除は済んだ。六畳一間で、しかも家具類は置いてないので、掃除は簡単である。

掃除が済むと、お熊が源九郎のそばに来て、

「旦那、お茶を淹《い》れるよ。喉が乾いたろう」

と、小声で言った。

お熊は、四十代半ばだった。子供はなく、助造《すけぞう》という日傭取りの亭主とふたり暮らしである。源九郎と斜《はす》向かいの家に住んでいて、何かあると源九郎の家に顔を出す。

お熊は、樽のように太っていた。人前で股をひろげて、二布《ふたの》を覗かせていたりする。がさつで、洒落《しゃれ》っ気などまったくなかった。それでも、心根がやさしく面倒見がよかったので、長屋の住人には好かれ、信頼されていた。長屋の女房連中のまとめ役のような存在である。

「頼む」

源九郎も喉が乾いていた。

お熊、おとよ、おまつの三人は、いったん自分の家にもどり、茶道具と火鉢で沸かしていた鉄瓶の湯などを持ち寄り、源九郎やおさきたちに茶を淹れてくれた。

座敷で一休みしていたのは、源九郎、菅井、青山、おさき、それに太助だった。太助は一休みしているというより、菅井が持参してきた将棋の駒で遊んでいた。ひとりで駒を積み上げたり、並べたりしている。

お熊たち三人も上がり框《がまち》に腰を下ろし、湯飲みで茶を飲んでいた。源九郎やおさきたちの話に聞き耳を立てている。

「おさきさん、ここにいるお熊たちは、親切でな。長屋の暮らしで、困ったことがあったら、話すといい。相談に乗ってくれるはずだ」

源九郎が言うと、

「おさきさん、何でも話しておくれ。あたしらにできることなら、みんなでやるからね」

お熊が言い添えた。すると、おとよが、

「そうだよ、みんな、いいひとばかりだよ」

と、口をはさんだ。おまつは、お熊の脇で大きくうなずいている。

「子供とふたりで、面倒をかけますが、よろしくお願いします」

おさきは、お熊たちの方に膝をむけ、両手をついて頭を下げた。

それから小半刻（三十分）ほどして、お熊たちが帰ると、源九郎や青山たちは、これからのことを相談した。馬喰町の長屋から、おさきたちの所帯道具をひそかに運ばねばならないし、おさきと太助の素姓が知れないように、口裏をあわせておかなければならないのだ。

　その日、陽が西の空にかたむいてから、源九郎、菅井、青山、おさきの四人が馬喰町にむかった。四人で、おさきが使っていた所帯道具を運ぶのである。太助は、お熊にあずかってもらうことにした。

　腕のたつ源九郎、菅井、青山の三人がおさきに同行したのは、途中三人の武士に襲われることがあっても、三人なら太刀打ちできるとみたからである。

　五ツ（午後八時）過ぎ、源九郎たちは所帯道具を風呂敷に包んで、はぐれ長屋にもどった。うろんな武士に尾《つ》けられることもなく、無事におさきたちの住む家に着いた。

　その夜、だいぶ遅くなったので、後のことは明日ということにして、源九郎たちはおさきの家を出た。

　源九郎、菅井、青山の三人は、夜陰につつまれた長屋を歩きながら、

「青山、わしは、おさきたちを狙っている三人に、何者かが指図しているような気がするのだがな」

　源九郎が小声で言った。三人の武士が自分たちの考えで、おさきと太助を斬ろうとしているとは思えなかったのだ。

「わしも、そんな気がする」

青山が答えた。

「心当たりはないのか」

「ない」

青山は首をひねった。隠している様子はなかった。青山も、三人の武士の背後に何者がいるのか知らないようだ。

「青山、おぬしが仕えている旗本は、だれなのだ」

源九郎が声をあらためて訊いた。旗本が分かれば、三人の武士の背後にいる者が知れるかもしれない。

「話したくなかったが、おぬしたちには、話しておこう。それに、いずれ分かることだからな。……山之内稲右衛門《やまのうちとうえもん》さま、御小納戸頭取《おこなんどとうどり》であられる」

「御小納戸頭取……！」

大物だった。御小納戸頭取は、奥向きの取締や将軍の御用向全般を取り扱う役で、役高は千五百石である。

山之内家の屋敷は、神田神保町《じんぼうちょう》にあるという。

「山之内家の禄は、もともと千五百石なのだ」

家禄が千五百石なので、役職から身を引いても千五百石の扶持《ふち》を得ることができるという。

「青山、太助だがな、山之内さまのお子ではないのか」

源九郎が青山に身を寄せて訊いた。

「し、知らぬ。……殿もおさきどのも、何も話さないのでな」

青山が、声をつまらせて言った。

「まァ、自分の口からは、話しづらいだろうからな」

源九郎は、青山は知っているらしい、と思ったが、それ以上訊かなかった。いずれ、はっきりするだろう。

源九郎と青山のやりとりが済むと、

「青山どの、まだ寝るのは早いな」

菅井が口をはさんだ。

「何のことかな」

青山が怪訝《けげん》な顔をした。

「将棋だ。今夜は、じっくりできそうだぞ」

菅井が満足そうな顔をして言った。

七

本所松坂町《まつざかちょう》にある亀楽《きらく》に、六人の男が集まっていた。亀楽は縄暖簾《なわのれん》を出した飲み屋である。土間に置かれた飯台を前にして腰を下ろしていたのは、はぐれ長屋に住む源九郎、菅井、茂次、孫六《まごろく》、三太郎《さんたろう》、平太《へいた》の六人である。

おさきと太助が、はぐれ長屋に越してきてから二日経っていた。源九郎が茂次に頼んで、孫六たちを集めたのだ。集まった六人が、はぐれ長屋の用心棒と呼ばれる男たちだが、年寄りや町人の若造ばかりで、用心棒の印象とはほど遠い。

源九郎たちは、仲間で相談事があると、亀楽に集まることが多かった。亀楽ははぐれ長屋から近かったこともあるが、酒が安い上に、長時間居座っていても文句ひとつ言われなかった。それに、あるじの元造《もとぞう》は気のいい男で、源九郎たちに何かと気を使ってくれ、頼めば店を貸し切りにもしてくれたのだ。

「まず、一杯やってからだ」

源九郎がそう言って、脇に腰を下ろしている孫六の猪口《ちょく》に酒をついでやった。

「ヘッヘヘヘ……。ありがてえ、みんなと飲むのは久し振りだ」

孫六が、糸のように目を細めて言った。

孫六は還暦を過ぎた年寄りで、集まった六人のなかではもっとも年長である。番場町《ばんばちよう》の親分と呼ばれた岡っ引きだったが、隠居していまははぐれ長屋に住む娘夫婦の世話になっている。無類の酒好きだが、娘夫婦に遠慮して長屋ではあまり飲まないようにしていた。こうやって、源九郎たちと亀楽で飲むのを楽しみにしている。

「旦那も一杯《いつぺえ》やってくだせえ」

孫六は、源九郎の猪口にも酒をついだ。

そうやって、仲間たちで注ぎ合っていっとき飲んでから、

「長屋に越してきたおさきと太助のことを知っているかな」

と、源九郎が切り出した。

源九郎は、おさきが長屋に越してきてから、呼び捨てにするようになった。おさきが、他の女房たちと同じように呼んでほしい、と言ったからである。

「知らねえやつは、いませんや」

平太が言うと、三太郎もうなずいた。

平太はまだ十四、五歳だった。六人のなかではもっとも若く、まだ源九郎たちの仲間になったばかりである。

平太は鳶《とび》だったが、浅草諏訪町《すわちょう》に住む栄造《えいぞう》という岡っ引きの手先もしていた。ただ、若いこともあって栄造の指図で動くことはすくなかった。

平太は身軽で足が速く、すっとび平太と呼ばれている。火急の知らせに走ったり、逃げる相手を追いかけたりするときには、役にたつ。

平太の母親のおしずは、亀楽で手伝いをしており、今日も元造といっしょに酒や肴《さかな》を運んでくれた。いまは洗い物でもしているらしく、板場からおしずの声と水を使う音が聞こえていた。

「おさきと太助が、三人の武士に襲われたことも聞いているか」

さらに、源九郎が言った。

「それも聞いてやすぜ」

平太が言うと、

「あっしも、聞いていやす」

と、三太郎がくぐもった声で言い添えた。

三太郎は砂絵描きだった。人出の多い広小路や寺社の門前などで、砂絵を描いて観せている。砂絵描きは、染粉で染めた砂を色別に袋に入れて持ち歩き、地面をよく掃いてから水を撒《ま》き、その上に色砂を垂らして絵を描く見世物だった。三太郎も、大道芸人のひとりである。

「おさきと太助は、三人の武士に命を狙われているらしいのだ」

そう言った後、源九郎は青山から聞いたことをかいつまんで話し、「おさきと太助を守ってくれ」と頼まれた、と言い添えた。

「そんなことだと、思ってやした」

孫六が声を上げた。顔が酒で赤くなっている。

「どうだ、やるか」

源九郎が言うと、平太と三太郎は戸惑うような顔をした。相手が三人の武士と聞いて、怖《お》じ気《け》付いたのかもしれない。

そのとき、茂次が、

「おい、百両だぜ」

と、身を乗り出すようにして言った。

「ひゃ、百両！」

孫六が目を剝いた。平太と三太郎も驚いたような顔をしている。

「茂次の言うとおり、青山どのから百両もらっている」

源九郎が、おもむろに懐から袱紗包みを取り出し、飯台の上に置いた。孫六たちは食い入るように袱紗包みを見つめている。

「やるなら、いままでどおり、六人で分けることになるな」

これまで、源九郎たちは礼金や依頼金などを貰うと、六人で等分に分けてきたのだ。

「どうだ、やるか」

源九郎が念を押すように訊いた。

「やりやすぜ！」

孫六が声を上げた。

すると、茂次、平太、三太郎の三人も、やる！ やる！ と声をそろえて言った。

「では、いつものように分けるが、ひとり十五両でどうだ。残った十両は、これからのわしらの飲み代だ」

源九郎が男たちに目をやりながら言った。

「ありがてえ。十五両も懐《へえ》に入るし、しばらく銭の心配をしねえで飲める」

孫六が嬉しそうな顔をした。

「では、分けるぞ」

源九郎は四つの切り餅の紙を破り、一分銀を六人の前に並べた。

源九郎は男たちが巾着《きんちゃく》や財布を出して、自分の取り分をしまうのを見てから、

「さァ、今夜は飲もう」

と、声をかけた。

六人の男は酒を注ぎ合って飲んだ。いつものように、茂次、孫六、三太郎の三人は酔いがまわると、おだをあげたり、下卑《げび》た笑い声を上げたりしたので、店のなかが急に賑やかになった。平太はまだ酔うほど飲まず、もっぱら肴をつついている。

第二章　迫る敵影

一

源九郎は遅い朝めしを食っていた。昨夕、炊いためしの残りを湯漬けにしたのだ。菜《さい》はたくわんだけである。

源九郎が湯漬けをかっこみ、残ったたくわんをぼりぼり噛《か》んでいると、戸口に近付いてくる下駄《げた》の音が聞こえた。

……だれかな。

源九郎は、いそいで噛んでいたたくわんを飲み込んだ。聞き覚えのある長屋の住人の足音ではなかった。

下駄の音は、戸口でとまった。

「華町の旦那、いますか」

腰高障子のむこうで、鼻にかかった女の声がした。

……お吟だ！　いまごろ、何の用だろう。

と源九郎は思ったが、

「いるぞ、入ってくれ」

すぐに、声をかけた。

腰高障子があいて、お吟が顔を見せた。

「旦那、ひとり……」

お吟は土間に入り、狭い座敷を見渡した。目に猜疑《さいぎ》の色がある。

「ひとりだ。いま、朝めしを食っていたところだ」

源九郎は、手にした丼をお吟に見せた。

「旦那、おさきさんという子連れの女《ひと》が、長屋に越してきたんですって」

お吟は、上目遣いに源九郎を見ながら訊《き》いた。

「よく知ってるな」

「大川端で、又八《またはち》さんと顔を合わせたときに聞いたんですよ」

又八は、孫六の娘のおみよの亭主だった。ぼてふりで、はぐれ長屋に住んでいる。

「越してきた。太助という子供といっしょだよ」

源九郎は、こともなげに言った。

「旦那は、その女《ひと》のために大家と掛け合ったり、引っ越しの手伝いをしたり、忙しかったそうね」

お吟が、心底を覗《のぞ》くような目で源九郎を見た。

……お吟は、わしとおさきの仲を勘ぐっているようだ。

と、源九郎は察知した。

「まさか、その男児《おとこのこ》は、旦那の子じゃァないでしょうね」

「ば、馬鹿なこと言うな。……わしが、そのような男に見えるか」

源九郎は、お吟の前に立って言った。

お吟は、ジロジロ源九郎を見ながら、

「浮気するような男《ひと》には、見えないわねえ」

と言って、口許に笑みを浮かべた。

源九郎は無精髭や月代《さかやき》が伸び、小袖は煮染めたように汚れ、袴はよれよれである。おまけに老齢だった。色恋とは、縁のなさそうな男である。

「うむ……」

源九郎は、何となくおもしろくなかった。お吟が、源九郎の風貌を見て浮気するような男には見えないと言ったからである。

「でも、いいの。……旦那のいいところは、わたしが一番よく知ってるんだから」

お吟が甘えるような声音で言った。

「お吟、おまえ、何しに長屋に来たのだ」

源九郎が憮然《ぶぜん》とした顔で訊いた。

「あたし、旦那がいい女《ひと》でも連れ込んだと思って、様子を見に来たのよ」

「いい加減にしろ」

「ねえ、旦那、おさきさん、いまも長屋にいるんでしょう」

「いるはずだ」

「家はどこ？」

「北の棟の奥からふたつ目だが……。お吟、どうするつもりだ」

「ちょっと、おさきさんの顔だけ、見てくる」

そう言い残し、お吟は、そそくさと戸口から出ていった。

源九郎は渋い顔をして、お吟の背を見送った。

それから小半刻（三十分）ほどして、お吟がもどってきた。お吟は上がり框《がまち》に腰を下ろすと、

「旦那、おささきさん、いたよ」

と、声をひそめて言った。

「いるだろうよ。長屋に住んでるんだから」

「お侍が、いっしょだったよ。それも、旦那と同じ年頃の。あたしがね、華町の旦那の知り合いだと話したら、そのお侍、お吟どの、よろしく頼む、と言ったのよ。あのお侍が、おささきさんの旦那かしら」

お吟が口早にしゃべった。

「旦那ではない。わけがあってな、おさきと太助のそばにいて、悪い虫がつかないように目を配っているのだ」

源九郎は話が長くなるので、そう言っておいた。

「それなら、安心だわ。旦那も、おささきさんには手が出せないわけだ」

お吟は考え込《こ》むような顔をした後、

「でも、あの男、旦那でもないのに、どうしておささきさんといっしょに暮らして

いるの」

と、訊いた。ふたりの関係を勘繰ったようだ。

「いや、青山どのは、菅井の家で寝起きしている」

源九郎は青山の名を口にした。

「菅井の旦那の家に……」

お吟が首をひねった。いい歳をしたふたりの男が、同じ部屋で寝起きしている姿を想像したようだ。

「将棋だよ、将棋。菅井は、いい将棋相手が転がり込んだと思っているようだ」

「そうなの」

お吟は、それ以上訊かなかった。

「お吟、二、三日のうちに浜乃屋に行くからな」

源九郎が声をひそめて言った。

「ほんと！」

「ああ、今度はゆっくりできそうだ」

源九郎の懐は、ずっしりと重かった。まだ、分け前の十五両は、ほとんど手付かずに残っていた。連日通っても、しばらく大丈夫である。

お吟は腰を上げ、

「待ってるからね」

と言い置いて、戸口から出ていった。

二

お熊とおまつは、路地を歩いていた、ふたりとも、手に笊《ざる》を持っていた。なかに、青菜や茄子《なす》が入っている。近所の八百屋に野菜を買いにいった帰りである。はぐれ長屋の路地木戸の近くまで来たとき、ふたりは、若い男に呼びとめられた。

「ちょいと、すまねえ。ふたりは、伝兵衛店に住んでるんですかい」

若い男が訊いた。肌の浅黒い、剽悍《ひょうかん》そうな男だった。

「そうだよ。おまえさんは？」

お熊が訊いた。

「あっしは、豊吉《とよきち》といいやす。世話になった姐《あね》さんが、伝兵衛店に越したと耳にしやしてね。近くを通りかかったんで、挨拶だけでもしとこうと思ったんでさア」

「なんという名だい」

「おさきさんで」

若い男が、おさきの名を口にすると、

「その女《ひと》――」

と、おまつが言いかけた。

お熊が慌てて、おまつの前に出て、

「おさきなんて、女《ひと》はいないよ」

と、大きな声で言った。お熊は、源九郎たちにおさきと太助のことを訊かれても、話すなと言われていたのだ。

「いるんじゃァねえのかい」

若い男は、睨《にら》むような目をしてお熊を見た。

「いないよ。あたしらに手を出すと、大声を出すよ」

お熊が、さらに声を大きくして言うと、

「行きな。おめえたちに用はねえ」

若い男は舌打ちして、その場から離れた。

お熊とおまつは小走りに路地木戸まで来ると、振り返って若い男のいた方に目をやった。

「お熊さん、見て、あの男、二本差しと話してるよ」

おまつが、お熊に身を寄せて言った。

お熊たちに話しかけた若い男は、路地の端に立っていた武士と何やら話していた。武士は、羽織袴姿で二刀を帯びていた。網代笠《あじろがさ》をかぶっている。

「あいつら、おさきさんたちのことを探っていたんじゃァないのかい」

お熊が言った。

「そうらしいね」

「華町の旦那に、話しておこうか」

ふたりは、足早に路地木戸をくぐった。


源九郎は座敷で茶を飲んでいた。懐が暖かったので、傘張りの仕事をする気になれず、時間を持て余していたこともあって、わざわざ湯を沸かして茶を淹《い》れたのだ。

そこへ、お熊とおまつが入ってきた。何かあったのか、ふたりはこわばった顔をしていた。

「どうした」

源九郎が訊いた。

「旦那、長屋のちかくで若い男に、おさきさんのことを訊かれたよ」

お熊がうわずった声で言った。

「どんな男だ」

「見たことのない若い男だよ。……その男、あたしらに話しかけた後、お侍と話していたよ」

お熊が言った。

「その武士も、何者か分からないのか」

「笠をかぶっていたからね」

お熊が、武士が羽織袴姿で二刀を帯びていたことを話した。

「牢人ではないようだ」

源九郎の脳裏に、おさきたちを襲った三人の武士のことがよぎった。三人の武士のうちのひとりかもしれない。そうであれば、三人の武士は、おさきと太助が、はぐれ長屋に住むようになったことを知ったとみなければならないが——。

それに、若い男も三人の武士の仲間かもしれない。

「お熊、おまつ、頼みがある」

源九郎が言った。

「なんだい？」

「長屋の女たちにな、おさきたちのことを訊かれたら、いないと答えるように話してくれんか」

源九郎は、あらためて長屋の住人に頼んでおくつもりだった。

「分かった。これから、ひとまわりしてくるよ」

お熊とおまつは、すぐに戸口から出ていった。ふたりにまかせておけば、長屋の連中に知れ渡るのに、そう時間はかからないはずだ。

源九郎も、お熊たちにつづいて家を出ると、菅井の家に足をむけた。町人と武士がおさきたちを探っていたことを、青山に話しておくつもりだった。

青山は菅井と将棋盤を前にして座っていた。

「華町どの、いいところに来た。……次は、おぬしの番だ」

青山が言った。顔にうんざりした色がある。どうやら、菅井に何局も相手をさせられ、辟易《へきえき》していたところらしい。

菅井はチラッと源九郎に目をやったが、何も言わず、将棋盤を睨むように見すえている。どうやら、局面は青山にかたむいているようだ。

源九郎は菅井の脇に座り、将棋盤を覗いてみた。思ったとおり、局面は青山にかたむいていた。青山が、飛車を進めて王手角取りの手を打ったところらしい。このままだと、菅井が詰みそうだ。

「華町、いまいいところなのだ。しばらく、待ってくれ。この勝負が終わったら、次は華町とやるからな」

菅井はそう言った後、

「これでどうだ！」

と声を上げ、王の前に歩を打った。歩で飛車の道筋をふさぎ、王を守ったのである。

「では、角をいただきますかな」

青山は涼しい顔をして角を取った。

「角などくれてやる」

菅井はさらに王の脇に金を打った。王を固めたらしい。

……こりゃァ駄目だ。すぐに、詰みそうだ。

源九郎が胸の内でつぶやいた。金を打って王の守りを固めたらしいが、かえって逃げ道をふさいでしまった。

「うむ……」

菅井は、将棋盤を睨みながら低い唸《うな》り声を上げた。長考に入ったようだ。

源九郎は、将棋の勝負がつくまで待てないと思い、

「青山に話がある」

そう切り出し、うろんな町人と武士が、長屋の近くでおさきたちのことを探っていたことを話した。

「なに、もう長屋に目をつけたのか」

青山が驚いたような顔をして言った。

「そうみた方がいいな」

「うむ……」

青山は虚空を睨むように見すえ、

「だが、わしらで、おさきと太助を守るしか手はない」

と、顔をけわしくして言った。

「長屋で匿《かくま》っていても、油断はできんぞ」

源九郎は、茂次や孫六たちにも話して、長屋の周辺にも目を配ろうと思った。

源九郎と青山が黙考していると、

「ふたりの話が気になって、勝負にならん！」

菅井が声を上げざま、将棋盤の上の駒を掻《か》き混ぜてしまった。どうやら、勝ち目はないと分かったらしい。

「わしも、何か手を打とう」

青山が腹をかためたように言った。

三

「旦那、華町の旦那！」

戸口で、平太の声がした。慌てているらしく、声がうわずっている。

源九郎はめしを炊こうと思い、竈《へっつい》に入れた粗朶《そだ》に火を点《つ》けようとしていたが、すぐに腰高障子をあけた。

「旦那、大変だ！」

平太は源九郎の顔を見るなり言った。

「どうした」

「路地の豆腐屋の脇に、二本差しがふたりいやす！」

平太が早口に話したことによると、ふたりの武士は豆腐屋の脇の空き地のそばにいて、路地を行き来する者に目をやっているという。

はぐれ長屋の前の路地に、小体《こてい》な豆腐屋があった。長屋からは、三町ほど離れている。

「茂次兄いに、旦那に知らせろ、と言われ、すっ飛んで来たんでさァ」

平太と茂次は、長屋の周辺に目を配っていて、ふたりの武士を目にしたらしい。

「ふたりだけか」

源九郎の脳裏に、三人の武士のことがよぎった。

「空き地にいるのは、ふたりだけでさァ」

「そうか。……平太、菅井に知らせてくれ」

源九郎は、菅井も連れていくつもりだった。源九郎ひとりでふたりを相手にすると、後れをとるかもしれない。

長屋に、青山はいなかった。山之内家にもどり、相談してくると言って、朝から長屋を出ていたのだ。そろそろ帰ってくるころだが、帰りを待つわけにはいかない。

「合点で！」

平太は、菅井の家の方にすっ飛んでいった。すっとび平太と呼ばれるだけあって、足は速い。

源九郎は座敷にもどり、二刀を帯びた。ふたりの武士とやり合うことになるかもしれない。

待つまでもなく、平太が菅井を連れてもどってきた。菅井は、大刀だけ差していた。居合は、大刀だけ腰に差した方が遣いやすいのだ。

「いくぞ！」

源九郎たちは、路地木戸の方に走った。

路地に出ると、平太が先にたって竪川の方へむかった。二町ほど行くと、平太が足をとめ、

「旦那、八百屋の脇に茂次兄いがいやす」

と言って、指差した。

八百屋の脇に、茂次の姿があった。前方にある豆腐屋の方に目をむけている。

源九郎たちは、八百屋の店先を通り過ぎて、茂次に身を寄せた。

「空き地にふたり、笹藪《ささやぶ》の陰に三人いやす！」

茂次が指差した。

見ると、空き地にふたりの武士が立ち、その背後の笹藪の陰にも人影があった。そこに、三人いるようだ。

「二本差しが三人、町人がふたりでさァ」

茂次が言い添えた。

「五人か。太刀打ちできんぞ」

源九郎が、けわしい顔をした。

「やつら、ここで、何をしているのだ。……長屋に押し入って、おさきたちを襲うつもりではないようだ」

菅井が首をかしげた。

菅井の言うとおり、五人の男は長屋を襲おうとしているのではないらしい。長屋の方には、あまり目をむけず、竪川沿いの表通りの方へ目をむけている。

「青山が長屋を出たのを知って、ここで待ち伏せしているのではないか」

源九郎が言った。

「青山どのを五人がかりで襲う気か」

「長屋が近いので用心のため、人数を多くしたのかもしれん」

「やつら、おれたちに痛い目にあっているからな」

菅井が納得したようにうなずいた。

「青山がくわわれば、何とか闘えるぞ」

敵は五人、味方も五人だった。武士も三人対三人である。それに、敵は青山ひとりとみているだろう。そこへ、源九郎たち四人がくわわれば、敵は浮き足立つはずだ。

「よし、やつらを討ち取ろう」

菅井が目をひからせて言った。

「茂次、平太、頼みがある」

源九郎がふたりに目をやった。

「おそらく、五人のうちの何人かは逃げるはずだ。だれでもいい。逃げた男を尾《つ》けて行き先をつきとめてくれ」

行き先が分かれば、三人の武士の正体が知れるかもしれない。

「承知しやした」

茂次が顔をけわしくしてうなずいた。

それから、小半刻（三十分）ほどして、暮れ六ツ（午後六時）の鐘が鳴りだした。あちこちから、表戸をしめる音が聞こえてきた。路地沿いの店が店仕舞いを始めたらしい。

鐘の音がやんで間もなく、

「青山さまだ！　ふたりですぜ」

茂次が声を上げた。

路地の先に、ふたりの武士の姿が見えた。ひとりは青山だった。もうひとりは知らない武士である。羽織袴姿で二刀を帯びている。青山が連れてきたらしい。

「これで、おれたちは六人だぞ」

菅井が言った。双眸《そうぼう》が、切っ先のようにひかっている。

「やつらに、後れを取ることはないな」

敵より、武士がひとり多かった。腕の差があまりなければ、源九郎たちが有利である。

青山たちは、足早に歩いてくる。ふたりが、店仕舞いした豆腐屋の脇まで来たとき、空き地にいたふたりの武士が、路地に走り出た。

青山たちが足をとめた。すると、笹藪の陰にいた三人が、青山たちの後ろにまわり込んだ。どうやら、青山たちを挟み撃ちにする気らしい。

「行くぞ！」

源九郎たちは、路地に走り出た。

四

「敵だ！」

青山の前に立っていた大柄な武士が叫んだ。背後から走り寄る源九郎たちに、気付いたようだ。

「迎え撃て！」

長身の武士が、反転して叫んだ。逃げるのではなく、源九郎たちと闘うつもりらしい。

もうひとりの小太りの武士も反転し、源九郎たちに体をむけた。

大柄な武士は青山と対峙《たいじ》し、ふたりの町人が、青山が連れてきた武士に立ち向かった。ふたりとも手に匕首《あいくち》を持ち、前屈みの恰好《かっこう》で身構えている。

源九郎は、長身の武士と対峙した。一方、菅井は小太りの武士である。茂次と平太はふたりの町人の背後にまわり込んだ。茂次たちは匕首を手にしていたが、腰が引けている。ふたりとも、匕首はあまり得意ではないのだ。

「また、おぬしらか！」

長身の武士の顔が、怒りに染まった。

「今度は、逃がさぬぞ」

源九郎は右手で柄《つか》を握り、抜刀体勢をとった。

ふたりの間合は、およそ三間半――。まだ、斬撃の間境の外である。

「おのれ！」

長身の武士は八相に構えた。

すかさず、源九郎も抜刀し、切っ先を長身の武士の柄を握った左拳につけた。

八相に対応する構えである。

……こやつ、なかなかの遣い手だ。

と、源九郎は察知した。

長身の武士の八相の構えは隙がなく、腰が据わっていた。その長身とあいまって、上からおおいかぶさってくるような威圧感がある。

だが、源九郎は臆さなかった。多くの剣の修羅場をくぐってきた源九郎は、この男には、一撃必殺の気魄《きはく》がない、と感じとっていた。真剣勝負の場では、敵を一撃で斃《たお》そうとする気魄が、勝負を左右することが多い。

「いくぞ！」

先《せん》をとったのは、源九郎だった。

趾《あしゆび》を這《は》うように動かし、長身の武士との間合をつめ始めた。長身の武士は、八相に構えたまま動かなかった。気を静めて、源九郎との間合を読んでいる。

このとき、菅井は小太りの武士と対峙していた。

ふたりの間合は、およそ三間――。菅井は、居合の抜刀体勢をとっていた。小太りの武士は青眼に構え、切っ先を菅井にむけていたが、刀身がかすかに震えていた。すでに、小太りの武士は、菅井の居合と立ち合っていた。そのとき、小太りの武士は後れをとっていたのだ。

「かかってこい！」

菅井が、挑発するように言った。居合の抜刀の間合に入らなければ、勝負にならないのだ。

だが、小太りの武士は動かなかった。斬撃の間境の外に立ったまま、間合をつめようとしない。

「来ぬなら、いくぞ」

菅井は抜刀体勢をとったまま足裏を摺《す》るようにして、小太りの武士との間合をつめ始めた。

見事な寄り身である。居合の抜刀体勢はすこしもくずれず、すべるように間合をつめていく。

小太りの武士は、菅井の威圧感に押されて身を引いた。逃げたのである。そのときだった。匕首を手にしていた町人のひとりが、叫び声を上げて後ろによろめいた。肩先が裂けている。青山と同行した武士に斬られたらしい。すると、いっしょにいたもうひとりの町人が慌てて後じさり、武士から逃げた。このままでは、斬られるとみたらしい。

小太りの武士の顔に狼狽《ろうばい》の色が浮いた。闘気が薄れ、菅井に対する恐怖と怯《おび》えが生じたのだ。こうなると、真剣勝負は負けである。

小太りの武士は慌てて後じさり、菅井との間合をとると、脇に逃れた。ただ、走り去ろうとはしなかった。他のふたりの武士に目をやっている。

この様子を目の端にとらえた大柄な武士が、すばやく後じさり、青山との間合をとると、

「引け！」

と、声を上げた。

このとき、大柄の武士は、青山と一合した後だった。

着物の右の肩先が裂けていた。青山の切っ先で斬られたらしいが、肌に血の色はなかった。斬られたのは着物だけである。

一方、青山は無傷だった。青眼に構え、大柄な武士との間合をつめようとしていた。

「この場は、引け！」

大柄な武士はさらに声を上げ、抜き身を手にしたまま走りだした。

これを見た他のふたりの武士と、町人も駆けだした。肩先を斬られた町人もいっしょに逃げた。着物が血に染まっていたが、それほどの深手ではないらしい。

源九郎と菅井は、逃げる五人を追わなかった。茂次と平太だけが、後を追った。尾行して逃げる男たちの行き先をつきとめるためである。

青山と同行した武士が、抜き身を手にしたまま源九郎と菅井のそばに近寄ってきた。

「助かった！　こんなところで、待ち伏せされているとは、思わなかった」

青山がほっとした顔をして言った。

「そこもとは」

源九郎は青山と同行した武士に目をむけた。

三十がらみ、肩幅がひろくがっちりした体軀《たいく》の武士だった。剣の遣い手らしく、腰が据わり、立っている姿にも隙がない。

「それがし、小暮又四郎にござる」

小暮が名乗った。

「おぬしが、小暮どのか」

源九郎は、青山から小暮のことを聞いていた。

「小暮にも、手を貸してもらおうと連れてきたのだ」

青山によると、できれば小暮にも長屋にとどまってもらい、おさきたちを守ってもらうつもりだと話した。

小暮も山之内家に仕える家士で、青山とともにおさきたちの身を守るよう指示されているという。

「菅井どの、どうであろうか。小暮も、泊めてもらえんか」

青山が訊いた。

「かまわんが、将棋の駒の音がうるさくて眠れんぞ」

菅井は、小暮に、将棋は指すか訊かなかった。初対面であり、菅井も聞きづらかったようだ。

「青山どのから聞いている。それがしも、将棋は指すので気にしないでくれ」

小暮が言った。

「そうか。ならば、おれの家に泊まってくれ。……今夜から賑やかになるな」

菅井が、ニンマリして言った。

五

茂次と平太が源九郎の家に顔を出したのは、夜が更けてからだった。ふたりは、夕方からずっと歩きどおしだったらしい。さすがに、ふたりの顔には疲労の色があった。

「華町の旦那、知れやしたぜ」

茂次が目をひからせて言った。

「ご苦労だったな。……いま、菅井たちを呼んでくる。ここで待っていてくれ」

源九郎が外へ出ようとすると、

「あっしが、呼んできやす」

平太が言って、すぐに戸口から飛び出していった。

待つまでもなく、平太が菅井、青山、小暮の三人を連れてきた。

「上がってくれ」

源九郎は五人を座敷に上げ、茂次と平太が逃げた五人の男の跡を尾けたことを話してから、

「茂次、平太、話してくれ」

と、言い添えた。

「へい、あっしらは、五人の跡を尾けやした」

そう前置きして、茂次が尾行の様子を話しだした。

五人は竪川沿いの通りに出た後、西にむかい、両国橋を渡った。そして、五人は柳原通りを筋違御門《すじかいごもん》の方にむかったという。

「和泉橋《いずみばし》のたもとを過ぎてから、町人ふたりは、三人の侍と別れて左手の路地に入《へえ》りやした」

茂次がそこまで話すと、

「あっしが、町人ふたりを尾けやした」

平太が話の後をとった。

平太はふたりの町人を尾け、茂次が三人の武士の跡を尾けたという。

「ふたりは平永町《ひらながちょう》まで来て、また別々になりやした」

平太によると、ひとりは表通りを先にむかい、もうひとりは裏路地に入ったという。

ふたりの尾行はできないので、平太は裏路地に入った男を尾けた。その男は肩先を斬られたこともあって、背後を気にする様子がなかったので、尾けやすかったという。

男は路地に入って間もなく、長屋の路地木戸をくぐってなかに入った。

「その長屋が、やつの塒《ねぐら》のようでした」

平太は辺りが夜陰にとざされていたので、しばらく路地を歩き、縄暖簾《なわのれん》を出した飲み屋をみつけた。店のおやじに、男の入った長屋が庄兵衛店《しょうべえだな》であることを聞くと、そのまま来た道を引き返したという。

平太の話が終わると、茂次が、

「あっしは、三人の侍の跡を尾けやした」

そう言って、尾行の様子を話しだした。

三人の武士は昌平橋のたもとで、三方に分かれたという。大柄な武士は神田川沿いの道を西にむかい、小太りの武士は昌平橋を渡り、長身の武士は中山道を南にむかった。

　茂次は、源九郎と立ち合った長身の武士の跡を尾けた。武士は中山道をいっと
き歩くと、右手の路地に入った。そして、神田多町《たちよう》に入って小体な仕舞屋《しもたや》に入
ったという。

「ちょうど、一杯ひっかけた職人ふうの男が通りかかりやしてね。その家に入《へえ》っ
た侍の名を訊いたんでさァ」

「名が知れたのか」

　源九郎が訊いた。

「へい、柳田喬之助《やなぎだきようのすけ》って名で」

　源九郎は柳田を知らなかったので、

「ふたりは、柳田という男を知っているか」

と、青山と小暮に顔をむけて訊いた。

「いや、知らぬ」

　青山が答えると、小暮も、それがしも、知りません、と言い添えた。

「いずれにしろ、町人か柳田を捕らえて吐かせれば、三人の正体が知れるな」

　そう言って、源九郎は座敷に集まった男たちに視線をまわした。

「捕らえよう」

黙って聞いていた菅井が、ぼそりと言った。

「ふたりいっしょか」

青山が訊いた。

「とりあえず、ひとりでいい。先に町人がいいな」

源九郎は、町人をひそかに捕らえようと思った。武士のひとりを捕らえると、他のふたりにすぐ知れるだろう。ふたりは居所が知れるのを恐れて、姿を消すかもしれない。

「いつ、やる」

菅井が訊いた。

「早い方がいいな。明日はどうだ」

「いいだろう」

源九郎たちは、明日の夕方にも平永町へ行くことにした。

「相手は町人ひとりだ。わしら、長屋の者だけでよかろう」

源九郎は、菅井、茂次、平太、孫六、三太郎の六人で行くことにした。

「わしらは、どうする」

青山が訊いた。

「青山と小暮どのは、長屋に残ってくれんか。おさきたちを守らねばならないからな」

源九郎は、明日、三人の武士が長屋に踏み込んでくるとは思わなかったが、念のためである。

「承知した」

青山が顔をひきしめて言った。

翌日、源九郎たちは陽が西の空にまわってから長屋を出た。長屋の前の路地や竪川沿いの道を歩くときは、辺りに目を配った。三人の武士が、どこかにひそんでいないか確かめたのである。だが、それらしい人影はなかった。

両国橋を渡り、柳原通りを西にむかい、和泉橋のたもとを過ぎたところで、

「こっちでさァ」

そう言って、平太が先にたった。

平太は平永町の表通りから裏路地に入ったところで足をとめ、

「庄兵衛店は、そこの路地木戸を入ったところですぜ」

斜向《はす》かいにある路地木戸を指差して言った。

「やつは、いるかな」

源九郎は、まだ町人の名も知らなかった。

「あっしと平太で、探ってきやす」

孫六が目をひからせて言った。腕利きの岡っ引きを思わせるような目である。

「頼む」

源九郎が言った。孫六は隠居する前まで岡っ引きだったし、平太は現役の下っ引きである。ふたりにまかせておけば、すぐに探ってくるだろう。

「ちょいと、待っててくだせえ」

孫六が平太を連れて路地木戸に足をむけた。

六

源九郎たちが路傍の樹陰で小半刻（三十分）ほど待つと、孫六と平太がもどってきた。

「どうだ、いたか」

すぐに、源九郎が訊いた。

「いやした。やつの名は、島造《しまぞう》でさァ」

孫六によると、路地木戸を入ってすぐ、長屋の女房らしい女と顔を合わせ、肩に怪我をした男のことを訊くと、島造という名だと教えてくれたという。

「島造の家も聞き出しやしてね。平太とふたりで、家を覗いてみたんでさァ」

孫六と平太は、教えられた家の戸口まで行き、腰高障子の破れ目からなかを覗いてみたという。

「島造がいやした。あっしは、顔を見てるのでまちげえねえ」

平太が身を乗り出すようにして言った。

「島造ひとりか」

「女もいやした」

女房らしい女が、島造といっしょにいたという。

「女も捕らえるか」

源九郎が、孫六に訊いた。こういうことは、長年岡っ引きをやっていた孫六にまかせれば、うまくやるはずである。

「女は逃がしやしょう」

「わしらのことをしゃべらんか」

「あっしにまかせてくだせえ」

孫六が顎《あご》を突き出すようにして話した。

孫六と平太とで、島造といっしょにいる女に、島造を捕らえたのは町方だと思わせるという。

「そうすりゃァ、あっしら長屋の者が、島造を捕らえたとは思わねえはずだ」

孫六が得意そうな顔をして言い添えた。

「孫六にまかせた」

「もうすこし、暗くなってからにしやしょう」

そう言って、孫六が西の空に目をやった。

すでに陽は沈んでいたが、西の空は夕焼けに染まっていた。上空にも、まだ日中の青さが残っている。

それからいっときし、路地沿いの家の軒下が夕闇に染まったころ、源九郎たちは長屋につづく路地木戸をくぐった。

長屋の家々から灯《ひ》が洩《も》れ、あちこちから話し声や哄笑《こうしよう》、赤子の泣き声などが聞こえてきた。ちょうど、家族が集まって夕めしを食っているころである。その騒がしさは、はぐれ長屋と変わらなかった。

「こっちでさァ」

孫六が先にたった。

孫六は源九郎たちを北側の棟の角に連れていった。

「ふたつ目の家が、やつの塒でさァ」

見ると、腰高障子の破れ目から淡い灯が洩れていた。人声も聞こえた。男と女が何か話しているようだったが、話の内容までは聞き取れなかった。

「旦那たちは、戸口の脇にいてくだせえ。あっしと平太とで、やつを外に連れ出しやす」

孫六が言うと、

「おれが、居合で仕留めよう」

と、菅井が低い声で言った。夕闇のなかで、細い目が青白くひかっている。獲物を待つ蛇《くちなわ》のような目である。

「菅井にまかせる」

源九郎が言った。居合を遣って峰打ちで仕留めるのはむずかしいが、菅井は脇構えから、居合の呼吸で刀をふるうことができる。

孫六は平太を連れて、戸口に足をむけた。源九郎たち四人は、足音を忍ばせて後につづいた。

「ごめんよ、島造はいるかい」

そう声をかけてから、孫六は腰高障子をあけた。

土間を入ってすぐの座敷のなかほどに、島造が胡座《あぐら》をかいていた。湯飲みを手にし、膝先に貧乏徳利を置いていた。酒を飲んでいたらしい。肩の傷は、たいしたことはないようだ。女は土間の流し場にいた。何か洗い物をしている。

「てめえら、何の用だ！」

島造が怒鳴り声を上げた。

「柳田の旦那に、頼まれたんでさァ」

孫六が、柳田の名を出した。

「柳田の旦那を知っているのか」

島造の声が急に静かになった。

「へい、あっしらは、柳田の旦那に奉公してたことがあるんで」

「それで、おれに何の用だい」

島造は貧乏徳利を手にして、湯飲みに酒を注ぎたした。

「おめえさんの傷の具合を訊いてみろ、と言われやした」

「傷か、まだ痛《いて》えが、たいしたことはねえよ」

「そいつは、よかった。……ちょいと、外に出られやすかい」

孫六が小声で言った。

「外だと、今ごろ何の用だい」

島造が湯飲みを手にしたまま訊いた。

「あっしらには何の用か分からねえが、柳田の旦那に、おめえさんを呼んでくるように言われたんでさァ」

「いまから、旦那の家まで来いっていうのか」

島造は渋い顔をした。

「そうじゃァねえ、旦那が路地木戸の近くで待ってなさるんで」

「なに、柳田の旦那が、来てるのか」

「へい、待ってやす」

「すぐ、行くぜ」

島造は湯飲みを置いて立ち上がると、

「おえい、すぐもどるからな」

と、流し場にいる女に声をかけ、孫六の後につづいて腰高障子の外に出た。女の名は、おえいらしい。

島造が腰高障子の前から離れたとき、菅井が戸口の脇から島造に近寄った。刀を脇構えにとり、足音を忍ばせて島造に迫っていく。淡い夜陰のなかで、刀身が銀色《しろがねいろ》にひかっている。

島造はひとの近寄る気配を察知して振り返り、

「だれでえ！」

と、声を上げた。

刹那《せつな》、菅井の刀身が一閃《いっせん》した。脇構えから、横一文字に――。

ドスッ、という皮肉を打つにぶい音がし、菅井の刀身が島造の腹に食い込んだ。峰打ちである。

島造は低い呻《うめ》き声を上げ、腹を押さえてうずくまった。

「縄をかけろ！」

源九郎が声をかけると、孫六と平太がすばやく島造の背後にまわった。

孫六が島造の両腕を後ろにとって早縄をかけ、平太が用意した手ぬぐいで猿《さる》轡《ぐつわ》をかました。ふたりとも下手人の捕縛の経験があるので、手際がいい。

島造に縄をかけ終えると、

「あっしが、おえいに話してきやす」

孫六がそう言い残し、すぐに島造の家にもどった。

おえいは、流し場の前で身を震わせていた。島造を捕らえたやり取りが、おえいにも聞こえたのだろう。

「おえい、島造は博奕《ばくち》の科《とが》でお縄にしたぜ」

孫六が、懐から十手を取り出しておえいに見せた。岡っ引きのころ、遣っていた古い十手である。

「……！」

おえいの顔から血の気が引き、体が顫《ふる》えだした。

「なに、島造は博奕で捕らえられるのは、初めてだ。敲《たたき》ぐれえで済むだろうよ」

孫六はそう言って、戸口から出た。これだけ話しておけば、島造は博奕の科で町方に捕らえられた、とおえいは信じるはずである。

源九郎たちは孫六がもどるのを待ってから、長屋の路地木戸を出てはぐれ長屋にむかった。

七

源九郎たちが島造を連れていったのは、菅井の家だった。すでに、子《ね》ノ刻（午前零時）ちかかったが、島造を訊問《じんもん》するつもりだった。明朝だと、源九郎たちの吟味の声が聞こえ、長屋の連中が覗きにくるからである。

座敷の隅に置かれた行灯《あんどん》の灯に、源九郎たちの横顔が照らし出されていた。夜陰のなかに、灯を映じた横顔が浮かび上がっている。

島造のまわりに立った源九郎、菅井、青山の皺《しわ》や肝斑《しみ》の多い顔が、爛《ただ》れたように赤みを帯び、何とも不気味だった。

小暮や孫六たちは、島造の後ろに立っている。

「島造、話を聞かせてもらうかな」

源九郎が静かな声で言った。

「……！」

島造は、源九郎たち三人の顔を見上げて恐怖の色を浮かべた。体が小刻みに顫えている。

「まず、おまえといっしょにいた町人だが、名はなんというな」

「し、知らねえ……」

島造が声を震わせて言った。

「おい、ここで死にたいのか」

言いざま、菅井が手にしていた刀を抜き、切っ先を島造の首に当ててすこしだけ引いた。首に細い血の筋が浮き、かすかに血が滲み出た。

ヒイイッ！

島造が首を伸ばし、喉の裂けるような悲鳴を洩らした。顔から血の気が引き、紙のように蒼《あお》ざめている。

「町人の名は」

源九郎が語気を強くして訊いた。

「……！」

島造は身を顫わせて口をつぐんでいる。

「おれが、こいつの首を落としてやる」

菅井が、ふたたび切っ先を島造の首筋にあてた。細い双眸が行灯の灯を映じて、赤くひかっている。肩まで垂れている総髪とあいまって、般若《はんにゃ》を思わせるような不気味な顔だった。

「は、話す！」

島造が声を震わせて言った。

「町人の名は」

源九郎があらためて訊いた。

「政次郎《まさじろう》で……」

島造が、あっけなく仲間の名を口にした。菅井の脅しも迫力があったが、それにしても、島造は性根の据わった男ではないようだ。

「政次郎の塒は」

つづいて、源九郎が訊いた。

「須田町《すだちょう》の長屋でさァ」

神田須田町は、中山道沿いにひろがっている。島造が住んでいた庄兵衛店のある平永町からそれほど遠くない。

「おまえと政次郎は、何をして暮らしていたのだ」

源九郎は、島造も政次郎も博奕打ちや盗人ではない、とみていた。何か生業《なりわい》があったはずである。

「あっしと政次郎は、中間《ちゅうげん》をしてやした。いまはやめちまったが……」

島造は語尾を濁した。

「旗本屋敷で奉公してたのか」

「へえ」

「その旗本の名は」

「中村稲之助《なかむらとうのすけ》さまで」

島造によると、中村家は二百石の旗本で非役だという。内証《ないしょ》が苦しく、給金もまともにもらえないこともあって、ふたりとも半年ほど前にやめたそうだ。

「青山、中村稲之助という旗本を知っているか」

源九郎が青山に訊いた。青山なら、中村を知っているかもしれない、と思ったのである。

「いや、知らぬが……」

青山は小首をかしげた。小暮も知らないらしく、首を横に振った。

「ところで、中村家だが、なぜそんなに内証が苦しいのだ」

源九郎は非役であっても、二百石の旗本ならそれほど困窮するとは思えなかった。

「中村さまが、遊び好きなんでさァ」

島造が、口許に薄笑いを浮かべた。

「遊び好きな」

当主の中村が放蕩《ほうとう》で金を浪費しているのかもしれない。

「では、おまえたちといっしょにいた三人の武士のことを訊くぞ」

源九郎が、声をあらためて言った。

「まず、名だ。……ひとりは柳田喬之助と分かっているが、他のふたりは」

「く、黒川重蔵《くろかわじゅうぞう》さま」

島造によると、小太りの武士が黒川だという。

「黒川は御家人か」

「いえ、中村家に仕えていやした」

黒川は中村家に仕えていた家士だという。島造と政次郎は、中村家で奉公していたとき、黒川と知り合い、黒川に声をかけられて仲間にくわわったそうだ。

源九郎は、島造に黒川の住居を訊いたが知らなかった。

「黒川も、いまは中村家に仕えてはいないのだな」

さらに、源九郎が訊いた。

「そう聞いていやす」

「中村家の屋敷はどこにある」

源九郎は、中村家も此度《こたび》の件に、何かかかわりがあるかもしれないと思った。

「駿河台《するがだい》で」

「駿河台のどこだ」

「神田川の近くでさァ。中村さまのお屋敷は、川沿いにありやす」

「そうか」

源九郎は、それだけ聞けば中村の屋敷は分かるだろうと思った。

「もうひとり、大柄な武士は？」

「山室泉右衛門《やまむろせんえもん》さまで……」

「山室な」

源九郎は、山室を知らなかった。

青山と小暮も知らないらしく首をひねっている。菅井や孫六たちも知らないようだ。

「山室の屋敷は」

「知りやせん。あっしは黒川さまに言われてやっただけで、山室さまや柳田さまのことはよく知らねえんで」

島造が向きになって言った。

「うむ……」

源九郎は、島造が嘘を言っているようにはみえなかった。

源九郎が口をつぐむと、

「島造、なぜ、山室たちは、おさきどのや太助の命を狙うのだ」

青山が島造を睨むように見すえて訊いた。

「あ、あっしには、分からねえが、山室さまが、ふたりを生かしておくとおれたちの望みも断たれる、と言ってやした」

「望みを断たれる、だと」

青山が聞き返した。

「へえ」

「うむ……」

青山は口をひき結び、額に皺を寄せた。山室たちが、なぜ、おさきと太助の命を狙うのか分からないらしい。

源九郎や菅井も、首をひねった。青山と同じように、山室がおさきたちを狙う理由《わけ》が分からなかった。

それから、菅井や孫六たちも島造から話を訊いたが、これといったことは出てこなかった。

源九郎たちの訊問が終わったとき、

「あっしの知っていることは、みんな話しやした。あっしを帰《けえ》してくだせえ」

と、島造が訴えるように言った。

「帰してもいいがな、おまえ、このまま帰ったら山室たちに殺されるのではないか。……わしらに、知っていることをみんな話したからな」

「……！」

島造の顔がひき攣《つ》ったようにゆがんだ。

「島造、しばらくおれの家にいろ。めしだけは、おれが食わしてやる」

菅井が、賑やかになるな、とつぶやいて、ニヤリとした。菅井は島造に飯炊きや家の掃除などをやらせる気らしい。

「菅井に頼むか」

源九郎は島造を訊問した後、しばらく長屋で監禁し、様子をみて解放するなり、岡っ引きの栄造に引き渡すなりするつもりでいたのだ。

第三章　つぶれ旗本

一

源九郎と青山は、駿河台に来ていた。神田川沿いの道を西にむかっている。ふたりは、小袖にたっつけ袴で、網代笠《あじろがさ》をかぶっていた。山室たちの目にとまらないように身装《みなり》を変え、顔を笠で隠したのだ。

源九郎と青山は、中村家を探ってみるつもりだった。此度《こたび》の件に何かかかわっているとみたのである。

一方、孫六と平太は神田須田町に行っていた。政次郎の塒《ねぐら》をつきとめるためである。島造によると、長屋の名は分からないが、須田町にある益川屋《ますかわや》という両替屋の脇の路地を入ってすぐのところにあるという。

はぐれ長屋には、菅井、小暮、茂次、三太郎の四人が残っていた。おさきと太助を守るためである。

「中村家の屋敷は、この通り沿いにあるはずだな」

歩きながら、源九郎が言った。

「何か目印がないと分からんな」

通り沿いには、旗本屋敷がつづいていた。どれが中村の屋敷か、門前を通っても分からないだろう。

「だれかに訊《き》いてみるか」

源九郎は通りの先に目をやった。

この辺りは武家地なので人通りはすくなかった。ときおり、供連れの武士や御仕着せの法被《はっぴ》を羽織った中間《ちゅうげん》などが通りかかるだけである。

「あの武士に訊いてみるか」

前方から、ふたり連れの武士がこちらに歩いてくる。供はいなかった。羽織袴姿で、二刀を帯びていた。旗本屋敷に仕える家士ではあるまいか。

源九郎と青山は、網代笠をとった。笠をかぶったまま、話を聞くわけにはいかなかったのである。

「しばし、お訊きしたいことがござる」

源九郎がふたりの武士に声をかけた。

「何かな」

ふたりは足をとめ、顔を見合わせた。ふたりとも、戸惑うような顔をしている。いきなり、老齢の武士に呼び止められたからだろう。

「この辺りに、中村さまのお屋敷があると聞いてまいったのだが、おふたりはご存じか」

源九郎が訊いた。

「中村さま……」

四十がらみと思われる武士が、首をひねった。

「中村さまだけでは、分かりませんよ」

もうひとりの若い武士が言った。

「中村稲之助さまで、二百石の旗本でござる」

「その中村さまのお屋敷なら、この先にありますよ」

四十がらみの武士が振り返って、来た道の先を指差した。口許に、揶揄《やゆ》するような薄笑いが浮いている。中村家のことを蔑視しているようだ。

「何か目印になるような物はありませんか」

青山が訊いた。通り沿いには旗本屋敷がつづいているので、なかなか見分けられないだろう。

「二町ほど歩くと、長屋門を構えた屋敷があります。築地塀《ついじべい》がだいぶ傷んでいますから、見れば分かりますよ」

四十がらみの武士は、そう言い置き、若い武士を連れてその場を離れた。

源九郎と青山は、川沿いの通りをそのまま西にむかった。二町ほど歩くと、片番所付の長屋門を構えた武家屋敷があった。二百石ほどの旗本屋敷の門構えである。

「この屋敷だな」

源九郎が築地塀を指差して言った。

築地塀が所々破損して崩れていた。屋敷もだいぶ荒れているようだった。塀越しに見える庭の松や梅などの庭木は、久しく植木屋の手が入らないとみえ、ぼさぼさである。

「門はしまったままのようだ」

長屋門の門扉はしまっていた。片番所にも門番はいないらしく、辺りはひっそりとしていた。

「荒れた屋敷だな」

青山が言った。

源九郎はふたりの武士が、揶揄するような態度をとった理由《わけ》が分かった。この荒れた屋敷から、つぶれ旗本と思っていたのだろう。

「だが、空き屋敷ではないようだ」

屋敷内から、かすかに人声が聞こえた。男の声であることが分かるだけで、話の内容は聞き取れない。

「近所で訊いてみるか」

源九郎は、近所に住む者なら屋敷の住人のことも分かるのではないかと思った。

「近くの屋敷で訊くのはむずかしいな」

通り沿いには、長屋門を構えた旗本屋敷が並んでいた。門番を通して訪《おとな》いを請うわけにもいかない。

源九郎は路傍に立って、いっとき左右に目をやっていたが、話を聞けそうな者は通りかからなかった。

ふたりが諦めて歩きだそうとしたとき、斜向《はす》かいにある旗本屋敷の表門のくぐりから、人影があらわれた。

法被姿の中間がふたり、通りに出てきた。何やら話しながら、源九郎たちの方に歩いてくる。

「あのふたりに訊いてみよう」

源九郎たちはふたりの中間が近付くのを待ち、

「ちと、ものを尋ねるが」

と、源九郎が声をかけた。

「あっしらですかい」

赤ら顔の中間が、訝《いぶか》しそうな目を源九郎たちにむけた。

「そこにあるのは、中村さまのお屋敷かな」

源九郎が中村家の屋敷を指差して訊いた。

「そうでさァ」

「わしらは、若いころ中村さまに世話になった者だが、屋敷がだいぶ荒れているので驚いているのだ」

源九郎は、中村家のことを聞き出そうとして適当な作り話を口にした。

「そのようで」

もうひとりの痩せた男が、口許に薄笑いを浮かべた。

「当主は、中村稲之助さまと聞いたが」

源九郎が稲之助の名を出した。

「そうでさァ」

「お体でも悪いのかな」

「体は悪くはねえが、遊び好きでしてね。……だいぶ、金遣いが荒いようですぜ」

赤ら顔の男が、源九郎に身を寄せて言った。

「どういうことだ」

「何年か前《めえ》まで、柳橋の料理屋や吉原などに出入りしてたようでさァ。それで、奉公人に払う金もなくなり、いまじゃァ屋敷も荒れ放題で」

赤ら顔の男の目に、好奇の色が浮いた。こうした噂話は、嫌いではないようだ。

「二百石では、それほどの贅沢《ぜいたく》はできないからな。……ところで、ふたりは島造と政次郎という男を知っているか。中村さまの屋敷で、中間をしていたのだが」

「旦那は、島造と政次郎を知ってるんですかい」

痩せた男が、驚いたような顔をした。

「ふたりは、中間をやめたそうだな」

「半年ほど前にやめやした。奉公しても、銭が貰《もら》えねえんじゃァやってられねえ、と言ってやしたぜ」

赤ら顔の男が、くだけた物言いをした。源九郎たちとの話に乗ってきたようだ。

「中村家には、黒川重蔵という侍もいたはずだが、知っているか」

源九郎が黒川の名を出して訊いた。

「黒川さまなら、よく知ってやすぜ。……旦那、詳しいねえ」

痩せた男が驚いたような顔をした。

「むかし、中村家に出入りしたことがあってな。……それで、黒川どのの家を知っているか。近くなら、黒川どのに会ってみよう」

源九郎が、もっともらしく言った。

「知ってやすよ。あっしの長屋の近くでさァ」

痩せた男によると、黒川の家は、昌平橋を渡った先の神田、金沢町《かなざわちょう》にあるという。黒川は武士とはいえ、中村家から出た後は牢人と同じように借家住まいをしているそうだ。

「金沢町のどこか分かるか」

「浜崎屋《はまざきや》ってえ老舗《しにせ》の料理屋がありやしてね。その脇の路地を入《へえ》った先でさァ」

瘦せた男が、借家は一軒しかないので行けばすぐ分かると言い添えた。

そのとき、黙って聞いていた青山が、

「黒川どのは、だいぶ遣い手のようだが、どこかで剣術の修行をしたのか」

と、瘦せた男に訊いた。

「小柳町《こやなぎちょう》にあった山室道場に通ったと聞きやしたぜ」

「山室道場だと！」

青山が声を大きくして言った。山室泉右衛門のことが頭をよぎったようだ。

話を聞いていた源九郎も、山室泉右衛門の道場だろうと思った。山室の腕がたつのは、道場主だったからだ。

「山室道場はいまもあるのか」

源九郎が念を押すように訊いた。

「山室道場は門弟もすくなくて、五、六年も前《めえ》につぶれたと聞きやしたぜ」

痩せた男が言った。

「うむ……」

どうやら、ちいさな町道場だったらしい。それで、源九郎も道場の噂を聞かなかったのだろう。

源九郎と青山が口をつぐむと、

「あっしらは、これで」

赤ら顔の男が言い、痩せた男とふたりで源九郎たちのそばから離れた。

源九郎と青山は帰りがけに、神田小柳町にまわって山室道場のことを訊いてみた。山室道場のあった場所はすぐに分かった。

行ってみると、路地沿いに剣術道場らしい家屋があった。道場としてはちいさいが、建物の脇は板壁で武者窓がついていた。戸口には、出入りできないように板が打ちつけてある。何年も放置されたままらしく、建物はだいぶ傷んでいた。軒が垂れ下がり、板壁はところどころ剝《は》げていた。

源九郎と青山は、近所の者に山室はいまどこにいるのか訊いてみたが、知る者はいなかった。

二

「青山どの、おれの負けだ。……それにしても、強い」

　菅井が肩を落として言った。将棋盤に落とした目が虚ろである。

　菅井は青山に二局つづけて負けた。それも、一方的に負けたのだ。さすがに、菅井も青山の強さを認めざるを得なかったようだ。

　菅井たちが寝起きしている座敷に、捕らえた島造の姿はなかった。二日ほど、菅井は島造を家に縛りつけて、めしを食わせたり厠《かわや》に連れていったりしていたが、あまりに手間がかかるので、面倒なので斬り殺してしまえ、とまで言い出した。

　それで仕方なく、栄造に博奕《ばくち》の罪で捕らえてもらうことにした。島造にあらためて訊くと、賭場に行ったことがあると口にしたからである。

　それに、島造は奉公していた中村家の中間部屋でも、博奕をしたことがあると話した。

「いや、わしが勝ったのはまぐれだ。……菅井どのこそ強いではないか。だれか名のある師匠について、将棋を学ばれたのかな」

青山が、菅井を持ち上げた。

「お、おれは、自己流だ」

菅井が声をつまらせて言った。

「たまたま、運がついて勝ったが、まともにやったら歯がたたたんだろう」

「そ、そんなことはない」

菅井の顔が、なごんできた。

「剣も強いし、将棋も強い。わしなどは、足許にもおよばんよ」

さらに、青山は菅井を持ち上げた。小暮とふたりで世話になっているため、菅井の機嫌をそこねたくないらしい。

「ならば、もう一局やるか」

菅井が、その気になったようだ。

そのとき、戸口で足音がした。だれか、来たらしい。

「菅井どの、青山どの、入るぞ」

小暮だった。おさきのところで何かあったのか、だいぶ慌てているようだ。小暮は、菅井と青山の将棋がなかなか終わらないので、おさきどのの様子を見てくる、と言って、おさきの家へ出かけていたのだ。

小暮は腰高障子をあけて土間に入ると、

「殿のところから、使いが来た。青山どの、おさきどののところへ来てくれないか」

と、口早に言った。

「だれが来たのだ」

青山の顔が、けわしくなった。

「吉山《よしやま》どのと滝口《たきぐち》どのです」

「何の用かな」

青山は、吉山孫十郎《まごじゅうろう》と滝口作次郎《さくじろう》を知っていた。青山と同じように山之内家に仕える家士である。ただ、青山は吉山たちとあまり話さなかった。それというのも、吉山たちはおさきと太助を快く思っていない山之内家に仕える用人、富樫《とがし》弥兵衛《やへえ》の配下のような存在だったからである。

青山はおさきと太助の件に関しても、富樫とは一線を画していた。

青山は長く山之内家に奉公し、現在の当主である山之内稲右衛門が子供のころは、小姓のような立場で接していたこともあり、山之内の信任が厚かった。それで、山之内は富樫とは相談せずに、ひそかに青山におさきと太助のことを頼んだのである。

「おさきどのに話があって来たようです」

小暮が言った。

「行ってみよう」

青山は脇に置いてあった刀を手にして腰を上げた。

「おれもいく」

菅井も立ち上がった。

「華町どのにも知らせてくれ」

青山が小暮に頼んだ。

青山は、この際、おさきと山之内家のかかわりを源九郎にも知らせておこうと思った。隠していてもいずれ知れることだし、おさきと太助を守るためには、山之内家の内情を知らせておく必要があると思ったのである。


おさきの家の座敷に、六人の男が集まった。源九郎、菅井、青山、小暮、それに吉山と滝口だった。

おさきと太助は、座敷にいなかった。男たちの話が終わるまで、菅井の家で待機していることになった。青山が、本人のいる前では話しづらいと思ったようだ。ただ、話の進展ぐあいで、おさきを呼ぶことになるだろう。

「どんな話かな」

青山が切り出した。

「殿も富樫さまも、おさきどのと太助が、このような長屋で暮らしていることを懸念されておられる。それで、われらに話してくるよう命じられたのだ」

吉山は戸惑うような顔をして言った。四十がらみであろうか。でっぷり太った男で、頰や首の肉がたるんでいた。

もうひとりの滝口は、二十代半ばに見えた。瘦せていて、頰骨が突き出ている。

「しかし、殿はおさきどのと太助が長屋で暮らしていることはご存じで、わしらふたりに、おさきどののそばにいるよう、命じられたのだぞ」

青山が語気を強くして言った。

「しかし、このような長屋住まいの母子《おやこ》をお屋敷にお迎えするのは、山之内家の沽券《こけん》にかかわりましょう」

滝口が低い声で言った。

青山と吉山のやりとりを聞いていた源九郎は、やはり、太助は山之内の隠し子らしいと察知した。

「それで、富樫どのは、おさきどのと太助をどうしようというのだ」

青山の顔が、いつになくけわしかった。

「どこか静かなところに家をみつけ、下働きの者におふたりの世話をさせたらどうかとおっしゃられた」

「だめだ！　そのようなところでは、おさきどのと太助は守れない。この長屋に、おさきどのたちに住んでもらったのは、ふたりの身を守るのに、これ以上のところはないからだ。事実、得体の知れぬ武士たちに襲われたが、ここにいる華町どのたちの助けもあって、おさきどのも太助も、無事に暮らしている」

青山が強い口調でしゃべった。

「い、いや、それはちがう。おさきどのと太助が山之内家から離れて静かにお住まいなら、そもそも命を狙われることなどないはずです」

「そちらの魂胆は、読めてるぞ。おさきと太助は、この先ずっと山之内家の屋敷には入れず、一生妾宅《しょうたく》で暮らさせるつもりなのだ」

青山の声に、怒りのひびきがくわわった。

「それが、山之内家にとって一番いいことではないか」

「殿が、そうおおせられたのか」

青山が滝口を見すえて訊いた。

「お、おそらく、殿もそう思われているはずです」

滝口が口ごもった。

「殿が口にされたわけではないのだな」

「そ、そうだが……。奥方も富樫さまも、山之内家を守るためには、それしかないとおおせられている」

「殿のおおせでなければ、おさきどのと太助はここにいてもらう」

青山が、きっぱりと言った。

「うむ……」

吉山は反論しなかった。憮然《ぶぜん》とした顔で、虚空を睨《にら》むように見すえている。滝口も口をとじていた。座敷には、源九郎と菅井もいるので、強く出られないのだろう。

いっときすると、吉山が、

「青山どの、このままではすまぬぞ」

と言い置いて、腰を上げた。

吉山と滝口が腰高障子をあけて出ていくと、小暮が立ち上がり、吉山たちが長屋から出ていくのを確かめた。

三

源九郎は小暮が座敷にもどるのを待って、

「青山、すこし山之内家のことを聞かせてもらっていいかな」

と、切り出した。

菅井も、青山たちから聞いておきたいことがあるらしく、青山たちに膝をむけて座り直した。

「聞いてくれ。ふたりには、包み隠さず話しておこう」

青山が言った。

「太助だが、山之内稲右衛門さまのお子ではないのか」

源九郎が念を押すように訊いた。

「そうだ。太助は、殿のお子だ。本来なら、若とか太助さまと呼ばねばならないが、いまは殿のお子と分からないように太助と呼んでいる。……十年ほど前のことだが、そのころ殿はまだ小普請《こぶしん》で無聊《ぶりよう》を慰めるため、柳橋の料理屋に出かけることがあった。その料理屋の女中だったおさきどのを馴染《なじ》みにするようになり、太助を身籠もったようだ。ところが、太助が生まれる前に、中奥御番に出仕が決まり、柳橋に出かけることもほとんどなくなった」

中奥御番は城中の中奥の番をする者だが、山之内は二年ほど中奥御番を勤めた後、御小納戸頭取に栄進したという。ただ、御小納戸頭取の役高は千五百石で、山之内家の家禄も千五百石なので特に出世したわけではない。

「そうこうしているうちに、太助が生まれたようだ。殿は役柄に没頭されていたこともあり、おさきどのや太助と会うこともままならなかった。……ただ、殿はおさきどのと太助を見捨てたわけではなかった。ふたりが暮らしていけるように相応の手当てを渡したり、ふたりの暮らしぶりをみるよう、それがしや小暮に命じられたりもした」

「山之内家の屋敷に、おさきと太助を呼ばなかったのか」

源九郎が訊いた。千五百石の旗本ならば、おさきを側室として屋敷内に住まわせることもできたのではあるまいか。

「それが、正室のお幸《こう》さまには、当時七つになられる嫡男の松太郎《まつたろう》さまと長女のお満《みつ》さまがおられた。同じ屋敷内に、おさきどのと太助が住むことになれば、確執が生じるのは目にみえていた。そのため、殿はおさきどのたちを屋敷外で暮らすようにさせたのだ」

「それで」

源九郎が話の先をうながした。

「ところが、一昨年、嫡男の松太郎さまが、流行病《はやりやまい》でお亡くなりになった。お幸さまは病気がちであり、あらたな世継ぎの誕生は望めない。そこで、殿は、おさきどのと太助を屋敷に住まわせることを口にされた。……ところが、お幸さまが強く反対され、ふたりが屋敷内で暮らすなら、お満とともに自害するとまでおおせられたのだ」

「奥方は、太助に山之内家を継いでほしくないのだな」

源九郎が言った。

「そうなのだ。お幸さまは、お満さまに婿を迎え、山之内家を継がせてほしい、と殿に強く訴えている」

「うむ……」

源九郎は、お幸の辛い立場も分かった。おさきが屋敷に住み、太助が山之内家を継げばお幸の居場所はなくなるだろう。

源九郎がそのことを話すと、

「そのとおりだ。……殿は、奥方の辛い立場も分かっておられ、いますぐにおさきどのと太助を屋敷に入れるのではなく、しばらく様子をみてからにするつもりでおられた。……ところが、何者か知れぬが、おさきどのと太助の命を狙う者たちがあらわれたのだ」

青山が顔をけわしくして言った。

そのとき、源九郎と青山のやりとりを聞いていた菅井が、

「さきほどの吉山と滝口は、お幸という正室に味方しているのではないか」

と、口をはさんだ。

「そのようだ」

青山によると、山之内家に奉公する家士たちは、世継ぎのことには口を出さないようにしているが、それは表向きであって、殿のご意向どおり、おさきと太助を屋敷に迎えるべきだと考えている者と、正室のお幸に味方する者とに分かれているという。

「なかでも、用人の富樫どのはお幸さまに味方され、おさきどのと太助が屋敷で

暮らすことに強く反対されている」

「吉山と滝口は、富樫という用人に与《くみ》しているのだな」

源九郎が言った。

「そうだ」

「青山、おさきたちの命を狙っている山室たち三人だが、山之内家に仕える者たちではないのだな」

源九郎が念を押すように訊いた。

「ちがう。あのような者は、山之内家に奉公する者のなかにはいない」

青山が断定するように言うと、脇に座していた小暮もうなずいた。

「山室たちが何者か分からないが、正室や富樫という用人に味方していることは、まちがいないな」

源九郎が言った。

次に口をひらく者がなく、座敷が重苦しい沈黙につつまれたとき、

「ところで、駿河台に屋敷のある旗本の中村稲之助だが、山之内家と何かかかわりがあるのか」

源九郎が、青山と小暮に目をむけて訊いた。

「いや、わしの知っているかぎり、何のかかわりもないはずだ。……小暮、何か知っているか」

　青山が小暮に訊いた。

「それがしも、旗本の中村という者の話は聞いたことがありません」

　小暮が首をひねった。

「わしは、中村稲之助も、山之内家の騒動にかかわっているような気がするのだがな」

　源九郎も推測だけで、確かなことは何も分からなかった。

「山室たちのなかのだれかをつかまえて、締め上げれば、はっきりするのではないか」

　菅井が目をひからせて言った。

「ひとり捕らえるか」

　源九郎が、男たちに目をやった。

四

　吉山と滝口がはぐれ長屋にきた二日後、源九郎、菅井、青山、孫六の四人は、金沢町にむかった。源九郎たちは、黒川重蔵を捕らえるつもりだった。

昨日、孫六と平太が金沢町に出かけ、黒川の住む借家をつきとめてきたのだ。すでに、源九郎たちは黒川の住居が、金沢町の浜崎屋という料理屋の近くだと聞いていたので、手間はかからなかったようだ。

源九郎たちは、柳原通りを経て神田川にかかる昌平橋を渡って金沢町にむかった。明神下と呼ばれる神田明神の東側の通りから右手の通りに入って間もなく、

「あれが、浜崎屋ですぜ」

孫六が二階建ての料理屋を指差して言った。

老舗らしい大きな店だった。神田明神が近いこともあって、通りには料理屋やそば屋などが、何軒か目についた。

「こっちで」

孫六が先にたって、浜崎屋の脇にある路地に足をむけた。

路地沿いには、小体《こてい》な店や仕舞屋《しもたや》などが軒を連ねていたが、いっとき歩くと家屋はまばらになり、空き地や笹藪《ささやぶ》などが目につくようになった。

前方に借家らしい仕舞屋が見えたとき、孫六が路傍に足をとめ、

「旦那たちは、ここにいてくだせえ。平太を呼んできやす」

そう言い残し、孫六が小走りに仕舞屋の方へむかった。黒川の住居を見張っている平太を連れにいったらしい。

平太は仕舞屋の脇の笹藪の陰にいた。孫六は平太を連れ、源九郎たちのそばに足早にもどった。

「平太、黒川はいるか」

すぐに、源九郎が訊いた。

「いやす」

「黒川ひとりか」

「ほかにふたりいやす」

平太によると、ひとりはおさよという妻女で、もうひとりは老齢の下働きの男だという。

「どうする、おさよと下働きの男は」

菅井が訊いた。

「黒川だけ、捕らえよう。おさよと下働きの男は、何も知るまい。……こうなったら、黒川を捕らえたことを隠す必要はない。黒川がいなくなれば、山室たちはわしらが捕らえたとみるだろうからな」

源九郎が言うと、青山がうなずいた。

「まだ、明るいな」

源九郎は、路地に目をやって言った。

路地は淡い西陽に照らされていた。ぽつぽつと人影があった。路地沿いにある小体な店は、まだひらいている。

源九郎はいま借家に踏み込んで黒川とやりあったら、大騒ぎになるだろうと思った。

「暮れ六ツ（午後六時）まで待とう」

青山が言った。

孫六と平太は、借家に近い笹藪の陰から見張り、源九郎、菅井、青山の三人は、路傍の樹陰で待つことにした。

「黒川は、わしにやらせてくれんか」

青山が、源九郎と菅井に目をやって言った。青山は老齢だが、源九郎と同じように鏡新明智流の遣い手である。

「かまわんが、峰打ちにしとめねばならないぞ」

源九郎が言った。

「そのつもりだ」

「おれが、青山どのがあやういとみたら、飛び込んで一太刀あびせる」

菅井が目をひからせて言った。

「そうしてくれ」

青山がちいさくうなずいた。顔がひきしまり、双眸《そうぼう》が剣客らしい鋭いひかりを宿している。

しばらくすると、寛永寺の暮れ六ツの鐘が鳴り始めた。路地沿いの店は商いを終えたらしく、表戸をしめる音があちこちから聞こえてきた。路地の人影もすくなくなり、ときおり遅くまで仕事をした出職の職人や大工などが通りかかるだけである。

「まいろう」

青山が声をかけた。

源九郎、菅井、青山の三人は、黒川の住居にむかった。

源九郎と青山は老齢だった。菅井も初老という年頃である。三人の老剣客が、淡い夕闇につつまれた路地を歩いていく。見た目には頼りなげな三人だが、いずれも剣の手練《てだれ》である。

孫六と平太は、源九郎たちからすこし間をとって歩いた。源九郎たちが、黒川を取り逃がすようなことになれば、孫六たちが跡を尾《つ》けて行き先をつきとめるのだ。

源九郎たち三人は、借家の戸口まで来た。板戸が一寸ほどあき、かすかに灯《ひ》が洩《も》れていた。戸締まりはしてないようだ。

「あけるぞ」

菅井が板戸をひいた。

板戸はすぐにあいた。狭い土間があり、すぐに座敷になっていた。黒川と女の姿があった。女はおさよであろう。

黒川は小袖に角帯姿で、酒を飲んでいた。膝先に箱膳が置いてあり、銚子が立っている。

「青山たちか！」

黒川が、いきなり手にした猪口《ちよく》を青山にむかって投げた。

青山が腰をかがめて猪口をかわすと、背後の板戸に当たり、砕けて散った。

黒川は膝の脇に置いてあった大刀をつかんで立ち上がった。おさよは悲鳴を上げ、四つん這《ば》いになって部屋の隅に逃れた。

「三人で、襲う気か！」

黒川が叫んだ。顔がひき攣《つ》ったようにゆがんでいる。

「うぬの相手は、わしだ」

青山が黒川を見すえて言った。

「わしと菅井は、検分役だ。……黒川、逃げるつもりなら、わしら三人で押し包んで斬るぞ」

源九郎が鋭い声で言った。

「よし、青山と勝負してやる！　ここでやるか」

黒川が抜刀した。

「ここは狭い。立ち合いはできぬ。……表に出ろ」

青山の言うとおり、座敷は狭かった。その上、小簞笥《こだんす》と火鉢《ひばち》が置いてあった。刀を手にしてむかい合うこともできない。

源九郎と菅井が戸口から出ると、青山は黒川に顔をむけたまま後じさって敷居をまたいだ。黒川は抜き身を手にしたまま青山につづいて外に出た。

五

路地は淡い夕闇につつまれていた。人影はなく、路地沿いの店は表戸をしめ、ひっそりとしている。

青山と黒川は、三間半ほどの間合をとって対峙《たいじ》した。まだ、一足一刀の斬撃の間境の外である。青山は青眼、黒川は八相に構えていた。ふたりの刀身が、夕闇のなかに銀《しろがねいろ》色に浮かびあがったようにひかっている。

青山は刀を峰に返していなかった。黒川を峰打ちで仕留めるのは、むずかしいと青山はみた。青山は黒川の籠手《こて》を狙い、戦力を奪ってから、峰打ちにするつもりだった。

源九郎と菅井は、青山たちから三間ほど離れ、路地沿いの空き地のなかにいた。ふたりとも抜刀していなかったが、青山があやういとみれば、踏み込んで抜き打ちに黒川を斬るつもりでいた。

青山の剣尖《けんせん》は、ぴたりと黒川の目線につけられていた。隙がなく、どっしりと腰が据わっている。

黒川の顔に驚きと恐れの色が浮いた。黒川は、青山が年寄りだったので侮《あなど》っていたにちがいない。切っ先をむけ合って、青山が尋常な遣い手ではないと分かったのであろう。

「いくぞ！」

青山が先《せん》をとった。

趾《あしゆび》を這うように動かし、ジリジリと黒川との間合をつめ始めた。

イヤアッ！

突如、黒川が甲走った気合を発し、八相に構えた刀身をビクッ、ビクッと動かした。牽制である。斬り込むとみせ、青山の気を乱し、構えをくずそうとしたのだ。

だが、青山はまったく動じなかった。全身に気勢を込め、斬撃の気配をみせながら、間合をつめていく。

黒川の顔に、焦りの色が浮いた。敵の気を乱し、構えをくずそうとしたのだが、気を乱されたのは黒川だった。

ふいに、青山の寄り身がとまった。斬撃の間境の一歩手前である。

……出頭《でがしら》をとらえる！

青山は黒川が斬り込んでくる一瞬をとらえ、籠手を斬るつもりだった。後《ご》の先《せん》の太刀である。

青山は全身に気勢を込め、斬撃の気配を見せてから、
タアッ！

鋭い気合を発し、ピクッ、と切っ先を動かした。斬撃の起こりを見せて、黒川を誘ったのだ。

刹那《せつな》、黒川の全身に斬撃の気がはしった。青山の誘いに乗ったのである。

黒川が裂帛《れっぱく》の気合を発しざま斬り込んできた。

八相から袈裟《けさ》へ——。

一瞬、青山が突き込むように籠手に斬り込んだ。その切っ先が、袈裟に斬り下ろそうとして前に出た黒川の右籠手をとらえた。

黒川の切っ先は、青山の肩先をかすめて空を切り、青山の切っ先は、黒川の右の前腕をえぐった。

ふたりは背後に跳び、間合をとってから、ふたたび青眼と八相に構え合った。

黒川の右腕が血に染まり、赤い筋を引いて流れ落ちた。八相に構えた刀身が、震えている。黒川は右腕を斬られ、まともに構えられないのだ。

「黒川、これまでだ。刀を下ろせ！」

青山が声をかけた。

「まだだ！」

黒川は顔をしかめ、八相に構えたまま間合をつめ始めた。

「ならば、峰打ちで仕留めよう」

青山は刀身を峰に返した。

黒川は斬撃の間境に踏み込むや否や仕掛けた。気攻めも牽制もなかった。八相から袈裟へ——。たたきつけるような斬撃だった。

青山は右手に跳んで黒川の斬撃をかわしざま、刀身を横に払った。神速の太刀《たち》捌《さば》きである。

青山の刀身が、黒川の脇腹に食い込んだ。峰打ちが、腹に入ったのだ。

黒川は呻《うめ》き声を上げてよろめき、手にした刀を落とすと、その場にうずくまった。左手で腹を押さえて苦しげな呻き声を洩らしている。

青山は切っ先を黒川の首筋につけ、

「動くな！」

と、声をかけた。

そこへ、源九郎と菅井が近付き、ふたりの後ろから孫六と平太が駆け寄った。

「青山、みごとだな」

源九郎が声をかけたときだった。

ふいに、黒川が足許に落ちていた刀を手にし、獣の咆哮《ほうこう》のような叫び声を上げ、切っ先で己の首筋を掻《か》き斬った。

黒川の首から血飛沫《ちしぶき》が飛び散った。

「しまった！」

青山が、黒川の手にした刀の柄《つか》を摑《つか》んで奪い取った。

黒川はその場にへたり込み、地面に尻餅をついた。首筋から流れ出た血が、小袖を赤く染めていく。

青山はすばやく懐から手ぬぐいを取り出し、黒川の首筋に当てて強く押さえた。出血は多かったが、それほど深い傷ではなかった。出血を押さえれば、すぐに死ぬようなことはないはずだ。

「黒川、しっかりしろ！」

青山が、手ぬぐいを押さえたまま声をかけた。手ぬぐいが、見る間に赤く染まっていく。

黒川は苦しげな呻き声を洩らし、集まっていた源九郎たちに目をむけた。

「黒川、なぜ、おさきどのと太助の命を狙ったのだ。何か恨みでもあるのか」

すぐに、源九郎が訊いた。ここで訊問《じんもん》するしかない、とみたのだ。

「……う、恨みなどない」

「では、なぜ、ふたりの命を狙った。山室たちの指図にしたがったのか」

「し、知らぬ」

黒川が顔をしかめて言った。

「いまさら、隠してもどうにもなるまい。……この期に及んでも、義理立てする者がいるのか」

「義理立てする者などいない」

黒川が吐き捨てるように言った。

「山室たちの指図にしたがったのか」

源九郎が同じことを訊いた。

「そ、そうだ。山室どのから、おれに話があった。……わ、若いころ、山室道場に通ったことがあるのだ」

「門弟だったのか」

「……おれだけではない。柳田どのは、山室道場の師範代だったのだ」

「そうか」

どうやら、山室、柳田、黒川の三人は、山室道場を通してつながったらしい。

「山室道場の者が、なぜ、おさきと太助の命を狙うのだ」

源九郎が黒川を見つめて訊いた。

「や、山室どのに、ふたりを始末すれば、大金が手に入り、いずれ幕府に出仕することもできると言われたのだ」

「出仕だと」

源九郎が聞き返した。

「お、おれは、出仕の話は信用していなかった」

「うむ……。ところで、山室は山之内家と何かかかわりがあったのか」

源九郎が声をあらためて訊いた。

「し、知らぬ」

「門弟のなかに、山之内家に奉公している者がいたのではないか」

「い、いないはずだ……」

黒川の喘《あえ》ぎ声が大きくなってきた。顔は土気色をし、体も小刻みに顫《ふる》えている。

源九郎が口をつぐんだとき、

「山之内家の用人の富樫どのを知っているか」

と、青山が訊いた。

「し、知らぬ」

「吉山孫十郎と滝口作次郎は、どうだ」

「……」

黒川は苦しげに顔をゆがめ、首を横に振った。知らないらしい。

「おぬしが仕えていた中村家だが、山之内家と縁戚関係でもあったのか」

青山に代わって、源九郎が訊いた。

「し、知らぬ……」

黒川が答えると、

「山之内家と中村家に、縁戚関係はないはずだ」

青山が言い添えた。

「中村家と山室道場のかかわりは？」

さらに、源九郎が訊いた。

「……と、殿が、若いころ、道場に通われたことがある」

殿とは、中村稲之助のことである。通常、旗本の当主は、家士や奉公人から殿と呼ばれている。

「すると、中村は山室と師弟関係にあったのか」

源九郎は、中村もどこかで此度の件にかかわっている、と思った。

それから、源九郎と青山が、山室の住居はどこにあるのか訊いたが、黒川は、水道橋近くらしい、と答えただけだった。黒川も山室の住居にいったことはないらしい。

黒川の息が乱れてきた。長くないかもしれない。

「黒川、立てるか。家まで連れていってやる。……傷口を強く縛って、出血を押さえるのだ」

源九郎は、助からないとみたが、そう言った。

源九郎と菅井とで黒川の腕を取って立たせてやり、両腕を肩にかけて家まで連れていった。そして、おさよに、

「黒川は剣の立ち合いに敗れたのだ。手当てしてやってくれ」

そう言い置いて、戸口から出た。

辺りは夜陰につつまれていた。上空に、月がぽっかりと浮かび、淡い青磁色《せいじいろ》の

ひかりで路地を照らしていた。

六

「華町の旦那！　いやすか」

平太のうわずった声がした。何かあったらしい。

暮れ六ツ（午後六時）を過ぎていた。源九郎は、ひとりで湯漬けを食っていた。お熊が、余分に炊いたから、夕めしに食べておくれ、と言って、めしを持ってきてくれたのだ。

「いるぞ。入ってくれ」

源九郎は慌てて丼に残っためしを搔っ込んだ。

腰高障子があいて、平太が飛び込んできた。

「平太、どうした」

「元町《もとまち》の柴田屋《しばたや》の脇に、山室らしいやつがいやす」

平太が土間で足踏みしながら言った。顔が紅潮し、額に汗が浮いている。走ってきたらしい。

本所元町は、両国橋の東の橋詰の東方にひろがっている。柴田屋は瀬戸物屋で、竪川沿いにあった。

「ひとりか」

源九郎が訊いた。

「ふたりいやす。笠をかぶってやして、顔は見えねえが、柳田かもしれねえ」

平太によると、ふたりの武士は岸際の柳の陰に立っているという。

「何をするつもりかな」

源九郎は、ふたりが何をしようとしているのか分からなかった。

「ここに、押し入ってくるかもしれねえ」

平太がうわずった声で言った。

「それはあるまい」

源九郎は、ふたりだけで長屋を襲うとは思えなかった。それに、長屋を襲う気なら、もっと長屋の近くに身をひそめているのではあるまいか。

「ともかく、様子を見てみるか」

「へい」

「菅井を呼んでくれ。念のため、菅井にも行ってもらう」

青山と小暮は、長屋にいなかった。当主の山之内から直接話を聞くために、屋敷のある神田神保町に出かけていた。菅井が長屋を出てしまうと、おさきと太助を守る者がいなくなるが、山室たちに目を配っていれば、長屋が襲われることはないだろう。

源九郎は平太が菅井を連れてくるのを待ち、三人ではぐれ長屋を出た。

竪川沿いの道は、ひっそりとしていた。暮れ六ツを過ぎていたこともあって、人影はまばらで、通り沿いの店も表戸をしめていた。

一ツ目橋のたもとを過ぎていっとき歩くと、川沿いに柴田屋が見えてきた。すでに、表戸をしめていた。

平太が路傍に足をとめ、

「店の脇の柳の陰に」

そう言って、柴田屋の近くの柳を指差した。

柳の樹陰に人影がふたつあった。ふたりとも、羽織袴姿で網代笠をかぶっている。

「山室と柳田だぞ」

菅井が低い声で言った。

「そうらしいな」

大柄な体軀《たいく》の武士と長身の武士だった。顔は分からなかったが、山室と柳田の体軀である。

「ふたりは、何をする気なのだ」

菅井が山室たちを見つめながら言った。

そのとき、平太が前方を指差して声を上げた。

「二本差しが、ふたり来やす！」

見ると、両国橋の方からふたりの武士が、足早に山室たちの方に近付いてくる。やはり、ふたりとも網代笠で顔を隠していた。

ふたりの武士は、山室たちが身を隠している樹陰に近付き、身を寄せて何やら話し始めた。

「おい、新しい仲間ではないか」

菅井が昂《たかぶ》った声で言った。

「そうらしいな」

「ここで、待ち合わせて、長屋を襲う気ではないか」

「ちがうようだぞ」

樹陰にいる四人の武士は、両国橋の方へ体をむけて話していた。

「だれか、待っているようです」

平太が言った。

そのとき、源九郎の脳裏に、青山と小暮のことがよぎった。山之内の屋敷から、長屋に帰るころである。

「おい、きゃつらは、青山たちを狙っているのではないか」

「そういえば、後からきたふたりだが、吉山と滝口ではないか」

菅井が樹陰にいる武士を見つめながら言った。

「そうか。吉山たちは山之内さまの屋敷にいて、青山と小暮どのが来たのを目にしたのだ」

吉山たちは、青山と小暮の帰りを狙うつもりで山室たちに連絡し、ここで待ち伏せすることにしたのだろう。

「あっしが、長屋に走って親分たちに知らせやすぜ」

平太がうわずった声で言った。親分とは、孫六のことである。

「知らせんでいい。わしと菅井がくわわれば、山室たちに後れをとることはあるまい」

平太は闘いにくわわらなくても、四人対四人である。それに、吉山と滝口はそれほどの腕ではない、とみていた。

「おれたち四人で、十分だ」

菅井が目をひからせて言った。

「来た！　青山さまたちだ」

平太が声を上げた。

通りの先に、青山と小暮の姿が見えた。足早に近付いてくる。

「平太、ここにいろよ」

そう言って、源九郎は手早く袴の股だちを取った。

菅井も股だちを取り、腰に帯びた大刀の目釘だけを確かめた。

何もしらない青山と小暮は、ふたりで話しながら山室たちが身をひそめている場に近付いてきた。

七

樹陰から、山室たち四人が飛び出した。ふたりが青山たちの前に立ち、他のふたりが背後にまわり込もうとしている。

「いくぞ！」

源九郎が飛び出した。

菅井も、左手で刀の鍔元《つばもと》を握って疾走した。

青山に切っ先をむけていた大柄な武士が、

「華町たちだ！」

と、叫んだ。

その声と体軀から、源九郎は山室だと分かった。小暮と相対している長身の武士が、柳田である。

源九郎は山室にむかって走った。菅井は、柳田にむかっていく。

山室は青山から身を引き、逡巡《しゅんじゅん》するような素振りを見せた。青山と源九郎に、前後から攻められたら太刀打ちできないとみたのだろう。柳田も同様だった。背後から迫ってくる菅井を目にすると、すばやく小暮の前から脇に身を寄せた。

だが、山室たちは逃げようとしなかった。

「後ろのふたりで、青山たちの相手をしろ！」

山室が叫び、反転して体を源九郎にむけた。

すると、柳田も菅井の前にまわり込み、切っ先をむけた。山室たちは源九郎たちと闘うつもりらしい。

「笠など、いらぬ！」

山室は笠をとって路傍に投げた。笠をかぶったままだと、闘いづらいのだ。

源九郎は青眼に構え、剣尖を山室の目線につけた。対する山室も青眼にとったがすぐに、刀身を上げて八相に構えなおした。以前、山室は源九郎と立ち合ったとき、青眼に構えたが、構えを変えてきた。

……見事な構えだ！

源九郎は山室の青眼の構えに威圧を感じた。大柄な体とあいまって、巨岩が眼前に立ちふさがったような迫力があった。全身に、一撃必殺の気魄《きはく》がみなぎっている。

源九郎は、青眼から刀身を上げ、剣尖を山室の左籠手にむけて、八相に対応する構えをとった。この構えは、八相からの斬撃に対応しやすいが、こちらからは攻めにくく、すこし受け身になる。

このとき、菅井は柳田と対峙していた。柳田も笠をとって、顔を見せていた。体付きや構えから、顔を隠していても正体は知れる、とみたようだ。

ふたりの間合は、およそ四間――。遠間《とおま》である。

菅井は左手で刀の鯉口《こいぐち》を切り、右手を柄に添えていた。腰を居合腰に沈め、居合の抜刀体勢をとっている。

対する柳田は、青眼だった。山室道場の師範代をやっていたらしいが、かなりの遣い手だった。腰の据わった隙のない構えで、剣尖がピタリと菅井の目線につけられている。その剣尖に、眼前に迫ってくるような威圧感があった。

菅井と柳田は、対峙したまま動かなかった。気魄で攻めながら、仕掛ける機をうかがっている。

一方、青山と小暮は、吉山と滝口と思われる武士と切っ先をむけ合っていた。

ふたりの武士は笠をとらなかった。顔を見られたくないらしい。

青山と対峙した武士は、青眼に構えていた。その切っ先が、かすかに震えている。身構えも硬い。気が昂り、体に力が入っているようだ。

青山も青眼だった。隙のない構えで、剣尖にはそのまま眼前に迫っていくような威圧感があった。

「いくぞ！」

青山が、足裏を摺《す》るようにして間合を狭め始めた。

武士はわずかに後じさった。青山の威圧に押されている。

つつッ、と青山が前に出た。

武士は後じさったが、青山の寄り身が速く、すぐに間合が狭まった。

タアアッ！

突如、青山が鋭い気合を発し、一歩踏み込んだ。

咄嗟《とっさ》に、武士は上半身を後ろにそらし、身を引こうとしたが、間に合わなかった。

青山が真っ向へ斬り込んだ。稲妻のような斬撃である。

バサッ、と武士の網代笠が裂けた。武士は慌てて、後じさって間合をとった。

裂けた笠の間から、武士の顔が見えた。

「やはり、吉山か」

青山が吉山を見すえて言った。青山は武士の正体を確かめるため、あえて笠を斬ったのだ。

吉山の顔が、狼狽《ろうばい》と怯《おび》えにゆがんだ。青山にむけた切っ先が、ワナワナと震えている。

このとき、ギャッ！　という悲鳴がひびいた。滝口と思われる武士が、小暮に斬られたのだ。小暮も遣い手である。

武士はよろめいた。肩から胸にかけて着物が裂け、血の色があった。

武士は川岸近くまで後じさり、小暮との間合があくと、

「ひ、引くぞ！」

と叫び、反転して逃げだした。

その声を聞いた吉山も、青山との間合を取り、「覚えていろ！　この借りは返す」と吐き捨てるように言って、逃げだした。

源九郎と山室は、まだ一合もしていなかった。お互いが、気魄で攻め合っていたのである。

山室は吉山たちふたりが、逃げ出したのを目にすると、すばやい動きで身を引き、

「華町、この勝負、あずけた！」

と声をかけ、反転して吉山たちの後を追った。

源九郎は、菅井に目をやった。菅井は柳田と間合をとったまま対峙していた。

すでに一合したらしく、菅井は抜刀し、脇構えにとっていた。柳田の肩から胸に

かけて着物が裂け、血の色があった。菅井の居合の一颯《いっさつ》をあびたらしい。ただ、それほどの深手ではないようだ。

柳田は、山室がその場から去ったのを目にすると、

「今日は、これまでだ」

と言い残し、すばやく身を引いて間合をとると、山室の後を追って走りだした。

菅井は走り去る柳田の背を見つめていたが、

「次は、おれの居合で、仕留めてくれる」

とつぶやき、ゆっくりと納刀した。

第四章　世継ぎ

一

「青山、一杯どうだ」

源九郎が貧乏徳利を手にして青山にむけた。

「いただこう」

青山は湯飲みを手にした。

はぐれ長屋の源九郎の家だった。座敷には、源九郎、菅井、青山、小暮、それに平太の姿があった。

竪川沿いの通りで、源九郎たちが山室たちと闘った夜だった。長屋に引き上げてきたとき、菅井が、「酒でも飲みながら話すか」と言い出し、家にある貧乏徳利の酒を持ち寄ったのだ。

源九郎たち五人は、無傷だった。それに、真剣勝負で昂《たかぶ》った気を静めるには、酒が効果的である。

いっとき、注ぎ合って喉を潤した後、

「山室たちは、青山と小暮どのを待ち伏せしていたようだ」

源九郎が切り出した。

「笠をかぶっていたふたりは、吉山と滝口だ。これで、ふたりが山室たちの仲間だと、はっきりした」

青山が言った。顔に怒りの色がある。

「先に青山と小暮どのを討ち、長屋が手薄になってから踏み込んで、おさきと太助を斬るつもりだったのではないかな」

「あの場で、二、三人、仕留めておけばよかったな」

そう言って、菅井が、湯飲みの酒をグビリと飲んだ。

「黒川を仕留めて、ひとりすくなくなったとみていたが、吉山と滝口があらたにくわわったことになるな」

源九郎は、吉山と滝口の他にも、用人の富樫に与《くみ》する山之内家に仕える家士が、山室たちにくわわるのではないか、とみていた。

「早く始末をつけないと、さらに面倒になる」

青山が顔を曇らせて言った。

「ところで、青山たちは山之内さまと会えたのか」

源九郎が声をあらためて訊《き》いた。

山之内家の屋敷は、神田神保町にあった。青山たちは、神保町まで出かけたのである。

「殿とは、お会いできた。殿は体調をくずされていたが、お会いして話をすることができたよ」

「それで？」

源九郎が話の先をうながした。

菅井と平太の目も、青山にむけられている。

「まず、殿から、おさきどのと太助の様子を訊かれた」

青山は、ふたりが長屋で元気に暮らしていることと、長屋の者たちに色々手助けしてもらっていることなどを伝えたという。

「殿は、ほっとしたような顔をされ、長屋の者たちに礼を言ってくれ、と強く念を押されたのだ」

「そうか」

菅井が満足そうな顔をして、また湯飲みの酒をかたむけた。

「だが、殿は気になることを口にされた」

青山が声を低くして言った。

「気になるとは」

「奥方のお幸さまから、ちかいうちに長女のお満さまに、婿を迎えたいという話があったそうだ」

「婿を迎えるだと」

源九郎が聞き返した。

「そうだ。お満さまが婿を迎え、屋敷に住むようになれば、その婿が山之内家を継ぐことになり、奥方の身も安泰になるからな」

「だが、おさきと太助は、山之内家にいられなくなるぞ」

菅井が憮然《ぶぜん》とした顔をした。

「そうなるな」

「お満という奥方の子は、いくつになるのだ」

「九歳だ」

「まだ、早いではないか」

「ただ、歳でいえば、太助はまだ六歳だ。元服もかなり先だからな」

「それで、山之内家にふさわしい相手がいるのか」

源九郎が訊いた。

「殿は口にされなかったが、相手の名も上がっているらしい」

「山之内さまは、どうもうされたのだ。肝心なのは、山之内さまのお考えだ」

青山もそうだろうが、源九郎などが口出しできる問題ではなかった。当主の山之内が、婿を迎えることを承知すれば、おさきや太助が山之内家に入る目もなくなるだろう。

「殿は、世継ぎは先の話だ。……いま、決めることではない、とおおせられた」

「そうか」

山之内は四十代半ばと聞いていた。流行病《はやりやまい》にでもかかって急逝すれば別だが、まだ当主として長くやっていける歳である。いまから九歳の女児に婿を迎えて、跡取りに決めておくこともないだろう。

「おそらく、殿の胸の内には太助のことがあるのだ。それで、お満さまに婿を迎える話にはとりあわないのだろう。だが、太助に万一のことがあれば、すぐに婿の話も現実のものになるはずだ」

青山が顔をけわしくして言った。

いっとき、座敷のなかは重苦しい沈黙につつまれたが、

「山之内さまは、旗本の中村稲之助のことで、何かおっしゃられなかったのか」

と、源九郎が訊いた。

青山たちは長屋を出るとき、殿に、それとなく中村家のことも訊いてみる、と話していたのだ。

「殿も、中村家のことは知らないようだったが、気になることを口にされた」

青山が言った。

「どういうことだ」

「用人の富樫の生家が、中村という旗本だと聞いたような気がする、とおっしゃられたのだ」

青山は富樫を呼び捨てにした。富樫が、吉山や滝口を指図しているとみたからだろう。

「富樫の生家が中村家だと！」

菅井が驚いたような顔をして言った。

「殿も、よく知らないようだ。なにしろ、富樫が山之内家に奉公するようになったのは、殿がまだ若く、先代が当主だったころのことだからな」

「だが、生家が中村家なら、富樫も中村の姓を名乗るのではないか。それこそ、婿にでも入れば別だが」

源九郎が言った。

「富樫の親は、私塾をひらいていた儒者だと聞いたような気がする。もっとも、儒者は、婿に入った先の義父かもしれないが……」

青山は首をひねった。はっきりしないのだろう。

「いずれにしろ、中村家と富樫を探ってみる必要があるな」

源九郎は、中村稲之助と富樫弥兵衛が、此度《こたび》の件の黒幕のような気がした。

「富樫の家は分かるか」

源九郎が訊いた。

「三河町《みかわちよう》だと聞いている」

「持ち家か」

「そうらしい。明日、三河町に行って探してみてもいいが」

「わしも、いっしょに行こう」

源九郎は、富樫のことを聞き込んでみよう、と思った。

二

翌朝、源九郎、青山、孫六、平太の四人が、三河町にむかった。源九郎と青山だけで行くつもりだったが、孫六が、あっしもお供しやしょう、と言い出し、孫六だけでなく平太もいっしょに来ることになったのだ。

源九郎も、孫六と平太がいっしょなら心強かった。孫六は年寄りだが、岡っ引きの経験が長く、聞き込みのこつを心得ている。平太は足が速く、長屋に連絡に走るような場合は頼りになるのだ。

一方、茂次と三太郎は、駿河台にむかった。中村家の近所で聞き込んでみるという。菅井と小暮は長屋に残った。おさきと太助を守るためである。菅井は、小暮も将棋を指すので、長屋に残っても退屈しないようだ。

源九郎たちは、両国橋を渡って両国広小路に出ると、奥州街道を日本橋にむかった。そして、中山道に突き当たると、しばらく北にむかってから左手の通りに入った。その通りを西にむかうと鎌倉河岸に出られる。

鎌倉河岸に入っていっとき歩いてから、

「この先が、三河町ですぜ」

と、孫六が言った。孫六は岡っ引きだったころ、探索のために三河町に来たことがあるのだろう。先にたって、源九郎たちを案内した。

神田橋御門の近くまで来ると、

「この辺りから、三河町でさァ」

孫六が、町家のつづく町並を指差した。

「青山、三河町のどの辺りか分かるのか」

源九郎が訊いた。三河町は、一丁目から四丁目まで長くつづいている。闇雲に歩いても、埒《らち》が明かないだろう。

「それが、聞いてないのだ」

青山は眉《まゆ》を寄せて困ったような顔をした。

「たしか、富樫の親は儒者で、私塾をひらいていたと言ったな」

「そう聞いているが……」

「ならば、町の者に訊けば分かるのではないか。儒学を教える私塾は、そうないからな」

源九郎が言った。

「そうだな」

「ともかく、歩いてみよう。話の聞けそうな年配の武士が通りかかったら、訊いてみればいい」

源九郎たちは、三河町の町筋を北にむかって歩いた。通り沿いには店屋がつづき、私塾を思わせるような家屋は見当たらなかった。

「旦那、あの侍に訊いてみやすか」

孫六が通りの先を指差して言った。

老齢の武士が、こちらに歩いてくる。小袖に袴姿で二刀を帯びているが、鬢《びん》や髷《まげ》は白かった。

「わしが訊いてみよう」

源九郎は足を速めて、老武士に近寄り、

「ちと、お訊きしたいことが、あるのだが」

と、老武士に声をかけた。

「何かな」

老武士が、穏やかな声で言った。

「この辺りに、儒学の私塾があると聞いてまいったのだが、どこにあるか、ご存じかな」

「儒学の私塾な。はて、聞いたような気もするが……」

老武士は首をひねった。

「いまは、ひらいてないかもしれない」

「私塾をひらいている方のお名前は、分かりますかな」

「富樫どの、と聞いております」

「富樫なァ……。ああ、東斎《とうさい》どのの私塾だな。ですが、もう十年以上も前に、東斎どのは亡くなり、塾もとじたままですぞ」

塾をひらいていたのは、東斎という名らしい。

「その塾があった建物には、だれも住んでいないのかな」

「住んでいるようですよ。……くわしいことは知らないが、家族が住んでいるのではないかな」

「そうですか」

源九郎は、念のために住んでいる者の名を訊いたが、老武士は知らなかった。

「塾があったのは、この近くですかな」

源九郎が訊いた。

「この先です。……しばらく歩くと、太田屋《おおたや》という呉服屋がありましてな。その脇の路地を入ると、すぐですよ」

そう言い残し、老武士は歩きだした。

源九郎たちは老武士に教えられたとおり行ってみた。太田屋はすぐに分かった。脇の路地を入ると、私塾をひらいていたらしい二階建ての古い家屋があった。一階が教場になっていたのか、家の脇の板壁に連子《れんじ》窓があった。

「ここだな」

源九郎が路傍に足をとめて言った。

「ひとがいるようだ」

青山が、富樫の家族が住んでいるのだろう、と言い添えた。

「近所で、話を聞いてみるか」

源九郎たちは、古い家屋の前を通り過ぎた。近所では、富樫の家の者に気付かれそうなので、すこし離れた場所で聞いてみることにした。

二町ほど歩いたところで、源九郎たちは足をとめた。

「どうだ、二手に分かれないか」

源九郎は、四人がいっしょになって聞き込むより、二手に分かれた方が埒《らち》が明くとみたのである。

「そうしやしょう」

孫六が言った。

源九郎と青山、孫六と平太とで組み、二手に分かれて聞き込むことにした。

「華町どの、やはり武士に訊いた方が早いかもしれんな」

青山が言った。

「そうだが、近所に武士は住んでないようだぞ」

そこは町人地で、武家屋敷はなかった。ただ、三河町の東方には、ひろく武家地がひろがり、大小の旗本屋敷がつづいているので、武士の姿を目にすることはできた。

「ともかく、話の聞けそうな者にあたってみよう」

源九郎と青山は、路地を歩いた。

「むこうからくるふたり連れの武士に、訊いてみるか」

源九郎が言った。

ふたりとも、小袖に袴姿で二刀を帯びていた。三十がらみと思われる武士だった。

源九郎がふたりに声をかけ、富樫の名を出して私塾のことを訊いたが、ふたりの武士は知らないらしく首を横に振るばかりだった。

「やはり、年配の武士がいいな」

源九郎は、年配の武士でないと、富樫塾のことは知らないのではないかと思った。

すこし歩くと、通りの先に、こちらに歩いてくる武士の姿が見えた。御家人であろうか。羽織袴姿で、中間《ちゅうげん》をふたり連れていた。

「年配のようだぞ」

近付くと、五十がらみに見えた。

「今度は、わしが訊いてみよう」

青山が武士に近寄り、

「しばし……。お訊きしたいことがござる」

と、声をかけた。

「それがしで、ござるか」

武士が足をとめ、訝《いぶか》しそうな顔をして青山を見た。

「この近くに、お住まいでござるか」

「近くだが……。何用でござる」

「この先に、富樫先生の塾があったのだが、ご存じかな」

「知っているが……」

　武士の顔には、まだ不審そうな色があった。

「それがし、若いころ塾に通ったのだが、塾はとじてしまったようなのだ。富樫先生は亡くなられたのかな」

「ずいぶん前に、亡くなられましたよ」

　武士が素っ気なく言った。

「すると、いま、お住まいになっているのは、富樫弥兵衛どのでござるかな」

　青山は富樫弥兵衛の名を出してみた。

「そうです」

　武士の顔から不審そうな色が消えた。青山が弥兵衛の名まで口にしたので、信用したらしい。

「弥兵衛どのは、東斎先生のお子ではなかったような気がするが……」

　青山は、婿養子に入ったのではないかと思い、そう訊いたのだ。

「たしか、婿養子だったかと……」

武士は首をひねった、はっきりしないらしい。

だが、武士は婿養子という言葉を口にした。その言葉を聞いて、青山は富樫が婿養子として富樫家に入り、跡を継いだのだと確信した。やはり、富樫の生家は中村家のようだ。富樫家に婿養子に入り、富樫の姓に変わったのであろう。

「家には、弥兵衛どのの家族がおられるのかな」

「そうでしょうな」

武士は、いま住んでいる家族のことまでは知らなかった。

源九郎と青山は、近くの店に立ち寄って富樫の家族のことを訊いてみた。家族のことは、近所の住人が知っていた。富樫といっしょに住んでいるのは妻女と子供がふたりだという。子供は、ふたりとも女だそうだ。

源九郎たちが富樫の家の近くにもどると、孫六と平太が待っていた。

「どうだ、歩きながら話すか」

源九郎たちは、来た道を引き返しながら聞き込んだことを話した。

孫六たちも、富樫弥兵衛の家族が私塾だった家に住んでいることを聞き込んできた。

「それに、富樫が山室と歩いているのを見かけた者がいやしたぜ」

孫六が目をひからせて言った。

「やはり、富樫は山室と結びついていたのだな」

源九郎が言うと、青山が顔をけわしくしてうなずいた。

三

その夜、源九郎の家に、八人の男が集まった。はぐれ長屋の者が源九郎たち六人、それに青山と小暮である。集まったのは、今日、それぞれが探ったことを話し、今後どうするか決めるためだった。

八人の膝先には、貧乏徳利の酒と湯飲みが置いてあった。いつものように、一杯やりながら話すのである。源九郎たちにとっては、こうして仲間たちが集まって酒を飲むのが楽しみのひとつだった。ただ、今夜は楽しむわけにはいかない。

源九郎と孫六が、三河町で聞き込んだことをひととおり話した後、

「それで、茂次たちは何か知れたか」

と、源九郎が訊いた。

「あっしらは、てえしたことは分からねえんで」

そう前置きして、茂次が三太郎とふたりで聞き込んだことを話しだした。

茂次たちは、中村家に奉公している下働きの男と近所の旗本屋敷の中間から話を聞いたという。

その結果、中村家の家族が知れたそうだ。当主の中村稲之助、妻女の浜江《はまえ》、それに子供は男が三人だという。嫡男が十三歳の彦太郎《ひこたろう》、次男が十歳の繁次郎《しげじろう》、三男が七歳の峰之助《みねのすけ》とのことだった。

「中村家は、男の子が三人もいるのか。跡継ぎの心配はないな」

青山が苦笑いを浮かべて言った。

「それに、ちかごろ、山室が屋敷に出入りしているそうですぜ」

「富樫、山室、中村の三人が、裏で動いているのはまちがいないな」

源九郎が言った。

「それにしても、山室や中村たちが、山之内家の跡取りのことで動いているのはどういうわけだ」

菅井が首をひねった。

「山之内さまの奥方が、頼んだのかもしれねえ」

孫六が口をはさんだ。

「奥方が富樫に、太助を屋敷に入れないように頼み、富樫が中村と山室に頼んだとすれば、富樫たち三人が結びついたこともうなずけるな」

青山が言った。

「だが、中村や山室がただで動くとは思えんな。それに、島造の話では、山室はおさきと太助を生かしておくと、おれたちの望みは断たれる、と話したそうだ。裏で何か取り引きがあるような気がするが……」

源九郎がつぶやくような声で言った。

男たちは口をつぐんだ。座敷は静まり、酒を飲む音だけが聞こえた。

「いずれにしろ、背後で動いているのは、富樫と山室だろう。ふたりを捕らえて話を聞けば、はっきりするはずだ」

菅井が言った。面長で顎《あご》のとがった顔が、酒気で赤みを帯びていた。おまけに、細い目が行灯《あんどん》のひかりを映じて赤くひかっている。般若《はんにゃ》を思わせる顔が、よけい不気味である。

「山室はかまわんが、富樫と中村には迂闊《うかつ》に手は出せん。富樫は山之内家の用人だし、中村は旗本だ。わしらが勝手に手を出せば、山之内さまに累を及ぼすかもしれない」

青山が困惑したような顔をした。

「ならば、山室だが……。先に、吉山と滝口を押さえたらどうかな。ふたりとも、内情は知っているはずだし、わしらを襲ったので、捕らえたことにすればいい」

源九郎が言った。

「吉山と滝口がいいな」

青山の表情が、すこしだけやわらいだ。

源九郎たちは、酒を飲みながら吉山と滝口を捕らえる手筈《てはず》を相談した。ふたりいっしょに捕らえるのはむずかしいので、まずどちらかひとりを捕らえて、口を割らせることにした。

翌日の昼過ぎ、源九郎、青山、小暮、茂次、三太郎の五人が、吉山を捕らえるために湯島にむかった。吉山の家は湯島の聖堂の裏手にあった。小暮が吉山の家を知っていたので、先に吉山を捕らえることにしたのだ。

茂次と三太郎を同行したのは、ふたりが望んだからである。ちかごろ、孫六と平太が源九郎たちといっしょに行くことが多かったので、茂次たちにしてみれば、たまには源九郎たちといっしょに行きたかったのだろう。

はぐれ長屋を出た源九郎たち五人は、柳原通りを経て昌平橋を渡った。中山道をしばらく歩くと湯島の聖堂の裏手に出た。

「たしか、この道だったはずです」

小暮が先にたって、右手の通りに入った。

そこは、小身の旗本や御家人の武家屋敷のつづく通りだった。その武家地を抜けると、町人地になり、通り沿いに町家が軒をつらねていた。

小暮はさらに細い路地に入ってから路傍に足をとめた。

「吉山の家は、そこです」

小暮が、斜向《はす》かいにある仕舞屋《しもたや》を指差した。

小体《こてい》な仕舞屋だが、板塀がまわしてあった。路地に面したところに、丸太を二本立てただけの吹き抜け門がある。

「吉山はいるかな」

源九郎が訊いた。

「今はまだいないはずです」

小暮によると、ふだん吉山は、七ツ半（午後五時）ごろ神田神保町にある山之内家を出るので、家に帰るのは暮れ六ツ（午後六時）過ぎになるはずだという。

「この辺りに身を隠して、待つか」

まだ、暮れ六ツまでには間があった。陽は西の空に沈みかけていたが、夕陽が辺りを照らしている。

「あっしが、様子を見てきやすよ」

そう言い残し、茂次が仕舞屋に足をむけた。

源九郎たちは、近くの空き地の隅で枝葉を茂らせていた椿の陰にまわった。路地を通る者から身を隠したのである。

椿の樹陰でいっとき待つと、茂次がもどってきた。

「どうだ、家の様子は」

源九郎が訊いた。

「聞こえたのは、物音だけでさァ」

茂次によると、家のなかから床を踏む音や障子をあけしめする音がしたが、人声はまったく聞こえなかったという。

「だれか、いることはまちげえねえ」

茂次が言い添えた。

「しばらく、待とう」

源九郎は、暮れ六ツの鐘が鳴り、辺りが夕闇につつまれるまで、この場で待とうと思った。

四

陽が沈み、椿の樹陰に夕闇が忍び寄ってきたころ、暮れ六ツの鐘が鳴った。その鐘の音がやんでも、吉山は姿を見せなかった。

「今日は、帰《けえ》ってこねえのかな」

茂次がつぶやいたときだった。

「来たぞ、吉山だ！」

青山が声を殺して言った。

路地の先に、羽織袴姿の武士が姿を見せた。吉山である。ひとりだった。こちらに歩いてくる。

「手筈どおり、わしらは後ろへまわるぞ」

源九郎が言った。

「承知した」

青山と小暮が吉山の前に出て、源九郎と茂次たちが背後にまわることになっていた。

吉山は疲れているのか、肩を落として歩いてくる。

「いくぞ！」

青山と小暮が、椿の陰から路地に飛び出した。

つづいて、源九郎たちが吉山の背後にまわり込んだ。

ザザッ、という叢《くさむら》を分ける音がひびいた。吉山は人影が目の前にあらわれたのを見て、ギョッとしたように立ち竦《すく》んだ。

「あ、青山たちか！」

吉山が叫んだ。

青山と小暮は無言のまま刀の柄《つか》に手をかけ、吉山に迫った。

「お、おのれ！」

叫びざま、吉山が抜刀した。

この間に、源九郎が吉山の背後にまわり込んだ。茂次と三太郎は、源九郎の後ろで身構えている。茂次が細引《ほそびき》を手にしていた。吉山を縛るためである。

「吉山、おとなしくしろ」

青山は刀身を峰に返した。斬らずに、峰打ちに仕留めるのだ。

吉山は青眼に構え、切っ先を青山にむけたが、切っ先が小刻みに震えていた。腰も浮いている。

「いくぞ！」

青山が一歩踏み込んだ。

イヤアッ！

突如、吉山が甲走った気合を発し、斬り込んできた。

振りかぶりざま真っ向へ――。

たたきつけるような斬撃だが、迅《はや》さも鋭さもなかった。

すかさず、青山は右手に踏み込みざま、刀身を横に払った。俊敏な太刀《たち》捌《さば》きである。

青山の刀身が吉山の腹に食い込んだ。峰打ちが胴をとらえたのだ。

グワッ、という呻《うめ》き声を上げ、吉山は上体を前にかしげさせてよろめいた。それでも、何とか足をとめると、体を後ろにむけて逃げようとした。

そこへ、源九郎が踏み込み、さらに峰打ちを吉山の脇腹にみまった。吉山は刀を取り落とし、腹を手で押さえてうずくまった。

「縄をかけろ！」

源九郎が声をかけた。

茂次と三太郎は吉山のそばに走り寄り、三太郎が吉山の両肩を押さえ、茂次が両腕を後ろにとった。孫六のようにうまくいかなかったが、何とか縛ることができた。

「猿轡《さるぐつわ》もかましておこう」

源九郎が懐から手ぬぐいを出して吉山に猿轡をかました。

源九郎たちは、吉山を椿の陰に引き摺《ず》り込んだ。辺りが、暗くなるまでそこで待つつもりだった。

路地が夜陰にとざされてから、源九郎たちは吉山を連れて路地に出た。人目に触れたくなかったのである。

源九郎たちは、人気のない通りや新道などをたどって、はぐれ長屋にむかった。長屋に帰り着いたのは、夜が更けてからだった。子《ね》ノ刻（午前零時）ちかくではあるまいか。

吉山から話を聞くのは、夜が明けてからにすることにした。源九郎と青山は老齢ということもあって、くたくたに疲れていた。

翌朝、菅井が源九郎たちのために、握りめしを用意してくれた。菅井は独り暮らしだが、几帳面《きちようめん》なところがあり、めしは朝か晩にはかならず炊いたし、洗濯なども忘れずにやっていた。

源九郎は湯を沸かして茶を淹《い》れた。源九郎たちは、茶を飲みながら握りめしで腹を満たすと、吉山の訊問《じんもん》を始めた。

すでに、五ツ（午前八時）を過ぎていた。長屋は静かだった。男たちの多くが、仕事に出かけたのである。

源九郎の家の座敷にいたのは、源九郎、菅井、青山、小暮、孫六の五人と、縄をかけられた吉山だった。茂次、三太郎、平太の三人はそれぞれの家にもどっていた。

「猿轡をとってくれ」

源九郎が孫六に声をかけた。

すぐに、孫六が吉山の背後にまわって猿轡を取った。

「吉山、用人の富樫の指図で動いていたのだな」

青山が吉山を見すえて訊いた。

「知らぬ」

吉山が吐き捨てるように言った。

「おぬしが、山室たちといっしょに、わしと小暮の命を狙ったのは分かっている。いまさら、白を切ってもどうにもならんぞ」

青山の口吻《こうふん》には、怒りのひびきがあった。

「知らぬものは、知らぬ」

吉山は青山から視線をそらせてしまった。顔が蒼《あお》ざめ、体が顫《ふる》えている。吉山は、言葉とは裏腹に恐怖と不安に駆られているらしい。

「面倒だ。斬り殺してしまえ！　おれが、首を刎《は》ねてやる」

菅井がいきなり抜刀して、刀身を吉山の首筋に当てた。

ヒイッ！　と、吉山は悲鳴を上げ、首を竦めて身を硬くした。

「待て、待て、この男は、それほど悪いことをしたわけではない。おそらく、用人の富樫に言われ、しかたなく従っただけだろう」

源九郎はそう言って、吉山に身を寄せ、そうだな、と念を押すように言った。

「そ、そうだ……」

吉山が声をつまらせて答えた。

「訊いたことに答えてくれれば、放してやろう」

源九郎の声は、おだやかだった。

「……」

吉山が、縋《すが》るような目をして源九郎を見た。

「青山たちを狙ったのは、富樫の指図か、それとも山室かな」

源九郎が訊いた。

「と、富樫どのだ」

吉山が答えた。

「やはりな。滝口も同じだな」

「そうだ」

「富樫が、おさきと太助の命を断つよう、山室たちに頼んだのではないのか」

「……」

吉山は無言のままちいさくうなずいた。

「なぜ、富樫はおさきたちの命を狙っているのだ。奥方のお幸さまに、頼まれたのか」

「富樫どのが、奥方に話を持ちかけたと聞いている」

「なに、富樫が持ちかけたのか」

思わず、源九郎の声が大きくなった。

青山と小暮も驚いたような顔をしている。富樫がお幸に、おさきと太助を殺すよう持ちかけたというのだ。

「どういうわけだ」

源九郎が訊いた。

「おれは、なぜか知らないが、富樫どのも、奥方と同じように、おさきと太助が屋敷に入ると困るようだ」

「うむ……」

富樫にも、太助に山之内家を継がせたくない理由《わけ》があるようだ。

「ところで、山室や柳田が、富樫に味方しているのはなぜだ。……金か」

「それもある」

「他には」

「仕官の道がひらけると聞いている」

「仕官だと！　旗本か御家人にでもとりたてるということか」

思わず、源九郎が声を大きくして訊いた。

「そうらしい。おれと滝口にも、富樫どのから同じような話があった。……おれは、信用しなかったがな」

吉山の口許に苦笑いが浮いたが、すぐに消えた。

「ところで、奥方の娘のお満の婿取りの話だが、婿をだれにするか決まっているのか」

源九郎がそう訊いたときだった。

戸口に走り寄る足音がし、

「旦那！　大変だ」

という平太の叫び声がし、荒々しく障子があいた。

五

「どうした、平太」

源九郎が声をかけ、座敷にいた男たちの顔がいっせいに平太に集まった。

「押し込んできやがった！　山室たちが」

平太が叫んだ。

そのとき、長屋の路地木戸の方で、男の怒声と女の悲鳴がひびいた。荒々しい足音が聞こえる。山室たちが、踏み込んできたようだ。

「何人だ！」

菅井が声高に訊いた。

「わ、分からねえ」

「青山、菅井、ふたりで、おさきと太助を頼む！　きゃつらの狙いは、おさきたちだ。わしらは、ここでくいとめる」

「承知した！　青山どの、行くぞ」

菅井が土間へ飛び下り、戸口から走り出た。青山も刀を手にして、菅井につづいた。ふたりは、おさきたちの家へ走った。

「平太、茂次たちに話し、長屋の男連中を集めてくれ」

「合点だ！」

平太は戸口から飛び出した。

「小暮どの、迎え撃つぞ！」

源九郎は刀を手にして土間へ飛び下りた。

「承知した」

小暮は、源九郎につづいて戸口から外に出た。

井戸端の方で、女の悲鳴、子供の泣き声、バタバタと走る音、表戸をしめる音などがおこった。男たちの声はあまり聞こえなかった。いま、長屋の男たちの多くは仕事に出ていた。長屋にいるのは、女や子供、それに年寄りが多い。

源九郎の家の斜向かいに住むお熊が、腰高障子をあけて外に飛び出してきた。

「は、華町の旦那！　何人ものお侍が、こっちに来るよ」

お熊が、ひき攣《つ》ったような顔で叫んだ。

「お熊、家に入れ！」

「か、刀を持ってるよ」

「いいから、なかに入れ！」

めずらしく、源九郎が怒鳴った。目がつり上がっている。

お熊は源九郎の剣幕に驚き、慌てて家に入り、腰高障子をしめてしまった。抜き身を引っ提げた男たちが、こちらにむかってくる。

大勢だった。七人――。

武士が六人、町人がひとり。山室、柳田、滝口の姿があった。町人は政次郎らしい。他の三人の武士は、何者か分からなかった。

「若松《わかまつ》と八木《やぎ》がいる！」

小暮が言った。後で分かったことだが、若松と八木は中村家に奉公している若党だった。

　山室たちは源九郎の家の前まで来ると、

「ここは、柳田、柴崎《しばさき》、若松に頼む。おれたちは、おさきと太助だ」

　山室が三人の武士に指示した。どうやら、もうひとりは柴崎という名らしい。

　山室は柳田たち三人をその場に残し、他の男たちとおさきたちのいる家の方にむかった。長屋のだれかに、おさきたちのいる家を訊いたのかもしれない。


　このとき、菅井と青山はおさきと太助を家から外へ連れ出していた。

「おれの家へ、隠れるのだ」

　菅井が、太助の背中を押すようにして走った。

　路地木戸に近い棟の方から、男の怒声や女の悲鳴などが聞こえてきた。山室たちが、こちらに来るようだ。

「ここだ」

　菅井は腰高障子をあけて、おさきと太助を家に入れた。

　おさきと太助は事態を察知したらしく、顔をこわばらせ、体を顫わせながらも懸命に菅井と青山の指図どおりに動いている。

菅井は座敷の隅に畳んであった布団を急いでひろげ、

「布団のなかにもぐれ！」

と、声高に言った。

おさきと太助は、言われるままに布団にもぐり込んだ。

菅井は枕屏風を立てて布団を隠したが、布団の裾の方が隠しきれなかった。土間からも、見えるだろう。

「青山どの、将棋だ！……将棋盤を出してくれ」

菅井が叫んだ。

「なに、将棋だと！」

青山が目を剝《む》いて絶句した。

「将棋を指すわけではない。いくらなんでも、こんなときに将棋を指すか。……ふりをするだけだ」

菅井がしゃべりながら、将棋盤を布団の前に置いた。

「青山どの、座ってくれ。ここにふたりが座れば、布団も見えん」

「そ、そうか」

慌てて、青山が将棋盤を前にして座った。

「それらしくせんとな」

菅井は将棋の駒を将棋盤に並べ始めた。

青山も駒を手にしたが、手がとまっている。さすがに、駒を並べる気にはならないようだ。

戸口のむこうで、足音と男たちの声が聞こえた。何人かが、この家に近付いてくるようだ。

戸口のむこうで、足音がとまり、「ここが、菅井の家らしいぞ」という男の声がした。「確かめてみろ」、別の男の声が聞こえた。

腰高障子が荒々しくあいた。姿を見せたのは、数人の武士だった。山室と滝口の姿があった。他の武士は何者か分からない。

「菅井と青山だ！」

滝口が声を上げた。

山室たちが、どかどかと土間に入ってきた。座敷に目をやっている。

「山室か、おさきと太助は、この長屋にはいないぞ」

菅井が薄笑いを浮かべて言った。

「なに、どういうことだ」

山室が、座敷に目をやりながら訊いた。

「こんなこともあろうかと、ふたりに、別のところに移ってもらったのだ」

菅井は、長屋中、探してみろ、と言って、駒を手にしてパチリと打った。

青山は山室たちを睨《にら》むように見すえていたが、立ち上がろうとはしなかった。顔がこわばっている。

「お、おのれ！　とにかく、長屋中を探してみろ」

山室が叫び、反転して戸口から外に飛び出した。すぐに、滝口たちも外に出て、山室の後につづいた。

山室たちの足音が遠ざかると、

「うまくいったな」

と言って、菅井がニヤリと笑った。

すると、太助が布団の裾から顔を出し、

「菅井の小父《おじ》ちゃん、悪いやつは、逃げたのか」

と、訊いた。

「まだ、布団に隠れていろ。逃げたわけではない。ここに、もどってくるかもしれんぞ」

「もどってくるのか」

太助は慌てて布団にもぐり込んだが、おさきが身を起こすと、また顔を出した。

六

源九郎は、戸口の前で柳田と対峙《たいじ》していた。

ふたりの間合は、およそ三間――。真剣勝負の立ち合いの間合としては、すこし近いが、長屋の戸口の前では、ひろく間合がとれないのだ。

源九郎は青眼に構え、柳田は八相だった。ふたりは、竪川沿いの通りで闘ったときと同じ構えである。

柳田は両肘を高くとり、刀身を垂直にたてていた。切っ先が、天空を突くように長く伸びている。その刀身が、陽射しを反射《はね》て銀蛇《ぎんだ》のようにひかっていた。

……真っ向にくる！

と、源九郎は察知した。

高い八相から袈裟《けさ》ではなく、真っ向へ斬り落としてくる、と源九郎は読んだ。おそらく、遠間《とおま》から仕掛けてくるはずだ。

柳田が先《せん》をとった。

気合も発せず、表情も変えなかった。趾《あしゆび》を這《は》うように動かし、ジリジリと間合をせばめてくる。

見事な寄り身だった。体勢がまったくくずれず、高く構えた刀身が揺れもしない。すこしずつ、間合だけが狭まってくる。

源九郎は青眼に構えたまま気を静めて、柳田との間合と斬撃の起こりを読んでいた。

このとき、小暮は柴崎と切っ先をむけあっていた。若松は戸口近くにまわり込んでいる。若松のいる場所は小暮の左手だったが、小暮との間合は遠かった。

小暮と柴崎は、相青眼に構えていた。柴崎も遣い手らしかったが、かすかに剣尖《けんせん》が揺れていた。おそらく、真剣勝負の経験がないのだろう。気が異様に昂り、体に力が入っているようだ。

小暮は柴崎の目線につけた剣尖に気魄《きはく》を込め、斬撃の気配を見せて摺り足で間合をつめ始めた。

柴崎が後じさった。小暮の気魄に押されたのだ。顔に恐怖の色が浮いた。柴崎の切っ先が震え、腰が浮いている。
小暮の左手にまわり込んでいた若松が、ふいに戸口にむかって動き、あいてい
る腰高障子の間から家のなかに飛び込んだ。
若松は家のなかにいる吉山に、気付いたのであろうか。土間から、座敷に踏み
込む足音がした。
……吉山を助けるつもりか！
小暮がそう思ったとき、気が乱れて、切っ先がかすかに揺れた。
一瞬、小暮の剣尖の威圧が消えた。
すると、柴崎がいきなり一歩踏み込み、
イヤアッ！
甲走った気合を発して、斬り込んできた。
踏み込みざま真っ向へ——。
咄嗟《とっさ》に、小暮は右手に踏み込んで切っ先をかわし、すくい上げるように刀身を
逆袈裟に払った。
切っ先が柴崎の右腕をとらえた。骨肉を断つ手応えがあり、ダラリと柴崎の右
腕が垂れ下がった。皮肉を残して、二の腕を截断《せつだん》したのだ。腕の斬り口から、血

が赤い筋を引いて流れ落ちた。

柴崎は呻き声を上げてよろめいた。

タアッ！

小暮が鋭い気合を発し、二の太刀を横一文字に払った。ほとんど意識はなかった。小暮の体が勝手に動いたのである。

シャッ、と血飛沫《ちしぶき》が、柴崎の首から飛び散った。首の血管《ちくだ》から血が噴出したのである。

柴崎は血を撒《ま》きながらよろめき、溝板《どぶいた》に足をとられ、前につんのめるように転倒した。

仰向《あおむ》けに倒れた柴崎は、四肢をビクビクと震わせていたが、悲鳴も呻き声も上げなかった。

小暮は、すぐに戸口から土間に踏み込んだ。

若松が抜き身を引っ提げて、座敷のなかほどに立っていた。その刀身が血に染まっている。

若松の足許に吉山がうずくまっていた。吉山の顔が苦痛にゆがんでいた。肩から胸にかけ、血に染まっている。

「わ、若松に、斬られた」

吉山が声を震わせて言った。

「おぬし、なぜ、吉山を斬った！」

小暮が叫んだ。

若松は答えず、小暮に体をむけたまま座敷の隅を横に移動し、土間に下りようとした。薄暗い部屋のなかで若松の目が青白く底びかりしている。小袖が返り血を浴びて真っ赤に染まっていた。

「口封じか！」

小暮は、若松の前にまわろうとした。

すると、若松はいきなり踏み込み、袈裟に斬りつけてきた。体からぶつかってくるような斬撃である。捨て身の攻撃といっていい。

咄嗟に、小暮は後ろに跳んで、若松の斬撃をかわした。

若松は、小暮が後ろに跳んだ一瞬の隙をとらえ、脱兎《だつと》のごとく戸口から外に飛び出した。その場から逃げたのである。

小暮は若松を追わず、うずくまっている吉山のそばに近寄った。

このとき、源九郎と柳田は、一足一刀の斬撃の間境の一歩手前のところにいた。ふたりの全身に斬撃の気が高まっている。

刀の柄を握った柳田の左の拳が、ピクッ、と動いた。

……くる！

源九郎は感知し、わずかに身を引いた。

刹那《せつな》、柳田の全身に斬撃の気がはしった。

イヤアッ！

裂帛《れっぱく》の気合と同時に、柳田の体が躍動した。

真っ向へ——。頭上から、稲妻のような閃光《せんこう》がはしった。

……受けられぬ！

と、源九郎は頭のどこかで感知し、咄嗟に上体を後ろに引いた。反射的に体が動いたのである。

柳田の切っ先が、源九郎の鼻先をかすめて空を切った。源九郎が柳田の斬撃の起こりを感知したとき、わずかに身を引いたことで柳田の斬撃をかわすことができたのだ。

柳田の切っ先をかわした次の瞬間、源九郎は刀身を横にはらった。一瞬の反応である。

切っ先が、柳田の横顔をとらえた。

頬から鼻にかけて、顔を横に斬り裂いた。

ギャッ！

と叫び声をあげ、柳田は後ろによろめいた。血が噴き、半顔が赤い布を当てたように真っ赤に染まった。

すかさず、源九郎は踏み込み、体勢をくずした柳田の真っ向へ斬り込んだ。にぶい骨音がし、額が割れ、血と脳漿《のうしよう》が飛び散った。

柳田は硬直したようにその場につっ立ったが、すぐに腰からくずれるように転倒した。

地面に仰臥《ぎようが》した柳田は、動かなかった。顔が血まみれになり、カッと見開いた両眼が血のなかに白く浮き上がったように見えた。

柳田は絶命していた。

七

源九郎は、血刀を引っ提げたまま土間へ踏み込んだ。戸口近くに小暮の姿がなかったので、気になったのだ。

座敷のなかほどで、小暮が膝をついて吉山の両肩をつかんでいた。吉山の上半身が血に染まっている。吉山は、苦しげに顔をゆがめていた。だれかに斬られたようだ。

源九郎は小暮に近付き、

「吉山を斬ったのか」

と、訊いた。

「斬ったのは、若松だ。仲間の口を封じたらしい」

「……！」

源九郎は吉山に目をやった。

吉山の顔は土気色をし、体が顫えていた。視線も揺れている。

……長くない！

と、源九郎はみてとった。

「吉山、しっかりしろ！……富樫と奥方は、お満の婿を、だれにするつもりなのだ」

源九郎が声を大きくして訊いた。吉山から、お満の婿のことを訊こうとしていたときに、平太が飛び込んできて、訊けなかったのだ。

「な、中村家の長男……」

吉山が声を震わせて言った。

「彦太郎か！」

源九郎は、中村家には長男の彦太郎をはじめ、三人の倅がいると聞いていた。

「そ、そうだ」

「……！」

源九郎は、富樫と中村の策謀《はかりごと》が読めた。

中村家の嫡男の彦太郎に、山之内家の跡を継がせようとしたのだ。そうすれば、千五百石の山之内家は、富樫と中村の思うままになる。つぶれかかった中村家を立て直すどころか山之内家を乗っ取ることさえできる。それに、彦太郎が相応の役職に出仕できれば、中村はむろんのこと富樫に味方した山室、黒川、柳田の三人にも、幕府に出仕する道がひらけるかもしれない。当然、吉山や柴崎たちの家士にも、何等かの恩恵があるだろう。

「悪辣《あくらつ》だ。富樫たちは、主家を乗っ取ろうとしたのだ」

小暮が、顔を憤怒に染めて言った。

そのとき、吉山の体の顫えが激しくなり、喉のつまったような呻き声を上げた。

「吉山、しっかりしろ！」

源九郎が声をかけた。

突然、吉山が顎を突き出すようにして上体を反らせ、グッと喉のつまったような声を洩《も》らした。次の瞬間、首ががっくりと垂れ、全身から力が抜けた。

吉山の息がとまっている。

「死んだ……」

小暮がつぶやくような声で言った。

源九郎と小暮は、すぐに戸口から外に出た。おさきと太助がどうなったか、気になったのだ。

菅井の家の近くから、何人もの男の叫び声や怒声が聞こえてきた。大勢集まっているらしい。

「いくぞ！」

源九郎が走りだし、小暮がつづいた。

菅井の家のある棟の脇で、菅井と青山が、山室たちと相対していた。そのまわりに、孫六、茂次、三太郎、平太、それに長屋の男たちが十数人集まっていた。長屋の男たちは年寄りが多かったが、手に手に天秤や心張り棒などを持っていた。孫六たちが、集めたようだ。

そこへ、源九郎と小暮が走り寄った。

「華町の旦那だ!」

「小暮さまもいるぞ!」

長屋の男たちが声を上げた。天秤棒を振り上げたり、拳を突き上げて気勢を上げたりしている。山室たちに罵声《ばせい》をあびせる者もいた。

山室は近付いてきた源九郎と小暮を見て、

「華町、おさきたちは、どこに隠したのだ」

と、怒りの色をあらわにして訊いた。

源九郎は菅井と青山が、おさきと太助をどこかに隠したことを察知し、

「はてな。……探してみるがいい。その前に、うぬらはここで討ち取るがな」

と言って、刀に手をかけた。

すかさず、小暮も刀に手をかけた。菅井も居合の抜刀体勢をとり、青山は抜いていた刀を青眼に構えた。

これを見た孫六や長屋の男たちが、手にした天秤棒や心張り棒を振り上げ、

「やっちまえ！」「ひとりも、長屋から出すな！」などと叫び声を上げた。

「おのれ！」

山室も刀に手をかけたが、抜かなかった。顔がこわばっている。

「山室どの、ここは引きましょう」

滝口が山室に身を寄せて言った。

山室たちは五人だった。若松も加わっている。五人のうちひとりは、町人の政次郎である。一方、源九郎たちも武士は四人だが、いずれも手練《てだれ》である。しかも、その場には孫六たち大勢の長屋の男たちが集まっていた。

山室は逡《しゅん》巡《じゅん》するような素振りを見せたが、

「引け！」

と、叫ぶと、反転して路地木戸の方へ走った。

若松、八木、滝口、政次郎の四人が、刀や匕首《あいくち》を手にしたまま山室につづいた。

ワアッ！　と声を上げ、近くにいた長屋の男たちが左右に逃げた。

源九郎たちは追わなかった。追っても、山室たちの足には、かなわないと分か

っていたのだ。茂次や平太、それに長屋の男たちが数人、山室たちの後を追ったが、すぐに足をとめた。源九郎たちがいなければ、どうにもならない。

「菅井、おさきと太助は、どうした」

源九郎が訊いた。

「おれの家に、隠れているよ」

菅井がニンマリして言った。

第五章　対　面

一

「富樫たちの陰謀《たくらみ》が、知れたよ」

源九郎が男たちに目をやって言った。

山室たちを追い払った後だった。源九郎の家の座敷に、源九郎、菅井、青山、小暮、それに孫六たち四人が集まっていた。

源九郎は、富樫と中村が謀《はか》って、山之内家のお満に中村家の長男の彦太郎を婿に迎えさせ、富樫たちが山之内家の実権を握ろうとしていることを話した。

「あくどいやつらだ」

菅井が怒りの色をあらわにして言った。

「きゃつらの手は分かった。このままにしておけば、強引にお満と彦太郎をいっしょにさせようとするぞ。それに、これからも、おさきどのと太助の命を狙ってこような」

青山が顔をけわしくして言った。

「おれたちの命もな」

と、菅井。

「富樫や山室が仕掛けてくるのを待っている手はない。わしらが、先に手を打てばいいのだ」

源九郎が言った。

「どうする?」

菅井が源九郎に目をむけて訊《き》いた。他の男たちの視線も源九郎に集まった。

「富樫か、山室を討とう」

「それがいい」

菅井が言うと、

「それなら、富樫がいい。これ以上、富樫を生かしておくと、殿の命もあやうくなる。先に山室を討って、富樫がそのことを知れば、最後の手を打ってくるかもしれんからな」

青山が口をはさんだ。

「最後の手とは」

源九郎が訊いた。

「殿に毒を盛るような卑劣な手だ」

「よし、富樫を先に討とう」

源九郎は、その場にいた男たちと富樫を討つ相談をした。

三河町にある富樫の家に踏み込んで討つことも考えたが、妻女とふたりの娘の目の前で斬りたくなかった。

源九郎たちは、富樫が山之内家での用人としての仕事を終え、屋敷を出てから三河町の家に帰るまでの道筋で富樫を討つことにした。


翌日、源九郎、青山、三太郎の三人が、陽が西の空にかたむいてからはぐれ長屋を出た。これから、神田錦町《にしきちよう》にむかうのである。

源九郎たちは錦町の武家屋敷のとぎれた通りで、富樫が来るのを待つことにしていた。そこは、富樫が神保町から三河町の家に帰る道筋で、人気のない寂しい場所だった。

今朝早くから、小暮、茂次、平太、三太郎の四人は、長屋を出て神保町から三河町までの道筋を歩き、その場所が襲撃場所にいいとみたのだ。そして、三太郎が源九郎たちに知らせに長屋にもどったのである。

いま、小暮、茂次、平太の三人が山之内家の屋敷を見張り、富樫が姿をあらわすのを待っているはずだ。

菅井と孫六は長屋に残っていた。おさきと太助は長屋のこれまで住んでいた家にもどっていたので、万一に備えたのである。

源九郎たちが錦町に入ると、三太郎が先にたった。いっとき錦町の通りを歩き、旗本の武家屋敷がとぎれた寂しい場所に来ると、

「この辺りで、待つ手筈《てはず》になっていやす」

三太郎が路傍に足をとめて言った。

「富樫を討つには、いい場所だ」

辺りに武家屋敷はなく、通り沿いには空き地や雑木の疎林などが残っていた。人影はすくなく、ときおり供連れの武士や中間《ちゅうげん》などが通りかかるだけである。

「林のなかで待つか」

源九郎が言った。林といっても、櫟《くぬぎ》、栗、山紅葉《やまもみじ》などの雑木が、まばらにつづいているだけである。

源九郎は疎林のなかの灌木の陰に身を隠した。林間は薄暗かった。すでに、陽は沈みかけていた。野兎でもいるのか、疎林のなかでカサカサと音がした。

やがて陽が沈み、暮れ六ツ（午後六時）の鐘がなった。林間の夕闇が濃くなったようである。

「平太が、来やす！」

樹陰から通りに目をやると、平太の姿が見えた。走ってくる。すっとび平太と呼ばれるだけあって、足は速い。

源九郎たちは樹陰から路傍まで出た。

「どうした、平太」

源九郎が訊いた。

「き、来やす！　富樫たちが」

平太が声をはずませて言った。

「富樫ひとりではないのか」

「滝口もいっしょです」

「ちょうどいい。滝口も討ちとろう」

青山が目をひからせて言った。

「小暮たちは？」

通りに小暮たちの姿がなかった。

「富樫たちの跡を尾《つ》けてきやす」

「そうか」

小暮は、富樫たちの背後をかためるつもりらしい、と源九郎は察知した。

「来やした！　富樫たちが」

三太郎が声を上げた。

源九郎と青山はすばやく袴の股だちをとると、路傍近くの樹陰に身を隠した。

富樫らしい武士と滝口が、薄闇につつまれた通りを何やら話しながらやってくる。ふたりの後方に、小暮らしい武士と茂次の姿がちいさく見えた。小暮たちは、通り沿いの物陰に身を隠しながら富樫たちの跡を尾けてくる。

二

「右手にいるのが、富樫だ」

青山が通りの先のふたりを見すえて言った。

富樫は羽織袴姿で、二刀を帯びていた。五十代半ばであろうか。長身で痩せていた。面長で鼻梁《びりよう》が高く、細い目をしている。

「華町どの、富樫はそれがしに討たせてもらえんか」

青山が低い声で言った。顔がひきしまり、双眸《そうぼう》が鋭いひかりを宿していた。青山は、黒幕である富樫を自分の手で斬りたいようだ。

「まかせた」

源九郎は、富樫といっしょにいる滝口を斬ろうと思った。

富樫と滝口がしだいに近付いてきた。ふたりの背後に目をやると、小暮の姿が見えた。すこし間をつめたようだ。

富樫たちが二十間ほどに近付いたとき、

「いくぞ！」

源九郎と青山が樹陰から飛び出した。

ふたりは右手で刀の鍔元《つばもと》を握り、すこし前屈みの恰好《かつこう》で富樫たちにむかって走った。ふたりは老齢で足は速くなかったが、獲物を追うようにまっすぐ富樫たちにむかっていった。

富樫と滝口が、ギョッとしたように立ち竦《すく》んだ。

「青山と華町だ!」

滝口が叫んだ。

一瞬、ふたりの顔に逡《しゅん》巡《じゅん》したような表情が浮いたが、すぐに踵《きびす》を返した。後ろへ逃げようとしたらしい。

だが、ふたりの足はすぐにとまった。前方から、小暮と茂次が迫ってくる。

「富樫! 逃げられんぞ」

青山が富樫の背後に迫った。

「お、おれを、斬る気か! 山之内家の用人だぞ」

富樫が青山に顔をむけ、目をつり上げて叫んだ。

滝口も踵を返し、源九郎に体をむけた。背後から、源九郎たちに斬りつけられるのを恐れたらしい。

「うぬらの陰謀は、吉山がみんな話したぞ。ちかいうちに、殿にすべて申し上げるつもりだ」

言いざま、青山が抜刀した。

皺《しわ》の多い顔がひきしまり、双眸に剣客らしい凄《すご》みが宿っている。

「お、おのれ！　青山」

富樫も刀を抜いた。

青眼に構えて切っ先を青山にむけたが、腰が高く、刀身が小刻みに震えていた。興奮と恐怖のためである。

青山も相青眼に構え、剣尖《けんせん》を富樫の目線につけた。全身に気勢がみなぎり、いまにも斬り込んでいきそうな気配がある。

一方、源九郎は滝口と対峙《たいじ》していた。滝口は源九郎と闘う気になったらしく、青眼に構えて切っ先をむけていた。構えには隙がなかったが、やや腰が高かった。真剣勝負の気の昂《たかぶ》りで、腰が浮いているのだ。

源九郎は八相にとった。刀身を寝かせた低い八相である。

ふたりの間合は、およそ三間半――。

源九郎が先《せん》をとった。摺《す》り足で、滝口との間合をつめていく。

対する滝口は、動かなかった。斬撃の気配を見せながら、気魄《きはく》で源九郎を攻めている。

ふたりの間合がしだいに狭まってきた。ふたりの全身に斬撃の気が高まり、いまにも斬り込んでいきそうである。

このとき、青山も摺り足で富樫との間合をつめていた。富樫は後じさった。顔が恐怖にゆがんでいる。構えがくずれていた。腰が浮き、剣尖が高くなっている。

ふいに、富樫の足がとまった。背後から迫ってくる小暮に気付いたのだ。

「ま、待て！　青山、待て」

富樫が声をつまらせて言った。

「富樫、観念しろ！」

かまわず、青山は富樫との間合をつめた。

「……！」

追いつめられた富樫の顔がゆがんだ。目をつり上げ、歯を剝《む》き出している。追い詰められた鼠のようである。

ヤアアッ！

富樫が絶叫のような気合を発し、いきなり斬り込んできた。

牽制も気攻めもなかった。刀身を振り上げ、真っ向へ――。たたきつけるような斬撃だった。窮鼠《きゅうそ》の一撃である。

一瞬、青山は右手に跳んで富樫の切っ先をかわし、刀身を横一文字に払った。切っ先が、富樫の脇腹を横に斬り裂いた。

富樫の腹が赤くひらき、血が飛び取り、臓腑《ぞうふ》が覗《のぞ》いた。

富樫は、低い呻《うめ》き声を上げながらよろめいた。なんとか足をとめたが、刀を構えることもできなかった。

富樫はつっ立ったまま、左手で裂けた脇腹を押さえた。その指の間から、血が赤い筋を引いて流れ落ちている。

青山はさらに一太刀浴びせるため、すばやい動きで富樫に身を寄せた。腹を斬り裂かれても、ひとは簡単には死なない。醜態を晒《さら》したまま、長く苦しまねばならない。とどめを刺してやるのが武士の情けである。

「とどめだ！」

青山が刀身を横に一閃《いっせん》させた。

その切っ先が、富樫の首をとらえた。首がかしいだ次の瞬間、首筋から血が驟《しゅう》雨《う》のように飛び散った。

富樫は血を撒《ま》きながら、腰から沈むように転倒した。地面に俯《うつぶ》せに倒れた富樫の首から血が飛び散り、地面を赤く染めていく。

富樫は動かなかった。四肢が痙攣《けいれん》しているだけである。絶命したようだ。

青山は血刀を引っ提げたまま富樫の脇に立って、ひとつ大きく息を吐いた。燃えるようにひかっていた双眸がおだやかな色をとりもどし、凄絶《せいぜつ》な顔がやわらぎ、いつもの好々爺《こうこうや》のような表情がもどってきた。


ギャッ！　という絶叫がひびいた。

青山が目をやると、滝口が身をのけぞらせていた。滝口の肩から胸にかけて着物が裂け、血が迸《ほとばし》り出ている。源九郎の斬撃をあびたらしい。

滝口は何とか足をとめて反転すると、青眼に構え、切っ先を源九郎にむけた。体が顫《ふる》え、刀身が笑うように揺れていた。滝口の傷口から流れ出た血が滴り落ちている。

「滝口、これまでだ。刀を引け！」

源九郎が喝するように言った。

「まだだ！」

叫びざま、滝口がいきなり斬り込んできた。

刀身を振り上げ、真っ向へ――。

だが、体が揺れ、刃筋はそれて流れた。

源九郎はわずかに体を引いて、滝口の斬撃をかわし、
タアッ！

鋭い気合を発して、突きをみまった。

切っ先が、滝口の胸をとらえた。深く突き刺さった刀身の先が、滝口の背から抜けている。

源九郎は滝口に身を寄せて動きをとめたが、すぐに後ろに身を引きざま刀身を引き抜いた。

滝口の胸から血が奔騰《ほんとう》した。源九郎の切っ先が、滝口の心ノ臓をとらえていたらしい。滝口は、血を噴出させながら、朽ち木のようにドウと倒れた。

源九郎は滝口のそばに立って、ひとつ大きく息を吐いた。体中を駆け巡っていた血の滾《たぎ》りがしだいに収まり、心ノ臓の鼓動が静まってきた。

源九郎のそばに青山と小暮、それに離れた場所で闘いの成り行きを見守っていた茂次たちが集まってきた。

「青山、富樫を討ち取ったな」

源九郎が言った。

「残るは山室と中村だ」

青山が顔をひきしめて言った。

源九郎たちは、富樫と滝口の死体を路傍の灌木の陰に引き摺り込んだ。通りに放置したままでは、通行人の邪魔になる。

「長屋に引き上げよう」

源九郎が男たちに声をかけた。

三

源九郎がはぐれ長屋の井戸端で顔を洗って家にもどると、戸口に青山と小暮が立っていた。

「どうした、ふたりして」

源九郎が訊いた。

「話がある」

青山が言った。口許に笑みが浮いていた。悪い話ではないようだ。

「ともかく、入ってくれ」

源九郎は、ふたりを家に入れた。

青山と小暮は上がり框《がまち》に腰を下ろすと、

「昨日、ふたりで神保町に行って、殿とお会いしたのだ」

と、青山が切り出した。

源九郎たちが、富樫と滝口を斬って四日経っていた。青山たちは、富樫たちを斬ったことを山之内に話したのかもしれない。

「まず、富樫や中村が謀って、お満さまの婿に中村の嫡男を迎えるため、おさきと太助を殺そうとしたことを殿にお話しした」

「それで、山之内さまは、どうおおせられたのだ」

源九郎は、山之内がどう言ったか、気になった。山之内のおさきと太助に対する思いが、ふたりのこれからを左右するはずである。

「殿はひどく驚かれて、何度も、確かなのか、と念を押された。それがしが、おさきと太助が実際に命を狙われたことを話し、さらに、富樫が中村稲之助の叔父《おじ》であることを話すと、殿も信じられたようだ。……そして、お満さまに婿をとって、山之内家を継がせるようなことは断じてしない、と明言された」

青山が、ほっとしたような顔をした。

小暮は黙っていたが、顔に安堵《あんど》の色が浮いている。

「それに、殿が、おさきと太助に会いたいので、屋敷に連れてくるようにとおおせられたのだ。……おさきと太助に、屋敷で暮らすよう話されるのではあるまいか」

青山が言った。

「それは、よかった」

「殿はな、華町どのたちも、屋敷にいっしょに来てほしいとおおせられたのだ」

青山が源九郎に顔をむけて目を細めた。

「わ、わしもか」

思わず、源九郎の声がつまった。

「菅井どのも、いっしょに来てもらうつもりだ」

「い、いつだ」

「明後日、おさきと太助もいっしょだ」

青山が笑みを浮かべて言った。

「うむ……」

「これから、菅井どのにも話すつもりだ。華町どのは承知してくれるな」

「いいだろう」

源九郎は嫌とは言えなかった。

「今日のうちに、こまかいことは話しにくる。これから、おさきどのと手筈を相談するつもりだ」

そう言い残し、青山と小暮は腰を上げた。


二日後の早朝、源九郎は羽織袴姿に着替えた。羽織袴は長持にしまってあったものだ。自分で髷《まげ》に櫛を入れ、髭と月代《さかやき》もあたった。これから、神保町の山之内家の屋敷に行くのである。

大小を帯びると、源九郎は自分でも身がひきしまるような気持ちになった。老齢ではあるが、御家人ふうに見えるだろう。

そのとき、戸口に近付いてくる足音が聞こえた。大勢いるようだ。足音だけでなく、何人もの話し声が聞こえた。長屋の連中だろうか。

「華町、いるか」

菅井の声だった。すると、「まだ、寝てるってこたァ、あるめえな」と孫六が言った。「きっと、朝めしは食ってないよ」と、お熊の声――。長屋の連中が戸口に集まって、源九郎のことを話しているらしい。

「いま行くぞ」

源九郎は土間に下りた。

腰高障子をあけると、菅井、青山、小暮の三人の姿があった。すぐ後ろに、おさきと太助が緊張した面持ちで立っていた。おさきたちからすこし間を置いて、孫六たち長屋の連中が集まっている。

菅井は、総髪を後ろで束ねていた。羽織袴姿で、二刀を帯びている。幕臣には見えないが、ふだんより増しである。

おさきと太助も町人の母子《おやこ》ふうだったが、小綺麗な身装《みなり》にととのえていた。

長屋の連中は女子供が多かったが、おさきと太助だけでなく源九郎たちも山之内家の屋敷に出かけると知って、見送りにきたらしい。

「大袈裟《おおげさ》だな」

源九郎は苦笑いを浮かべた。

「華町の旦那、お大名のお殿さまみたいだよ」

お熊が剽《ひょう》げた声で言うと、長屋の連中がどっと笑い声を上げた。

「あっしが、先払いをしやしょう」

茂次が前に出て、毛槍を振る真似をしながら、下にィ、下にィ、と声を上げると、さらに笑い声が大きくなった。

「では、まいろうか」

源九郎がいかめしい顔で言った。

源九郎たち一行は、孫六たちや長屋の連中に見送られて路地木戸を出た。大川にかかる両国橋を渡り、柳原通りを経て、大名屋敷や大身の旗本屋敷のつづく神保町の通りに入った。

しばらく神保町の表通りを歩いた後、青山が路傍に足をとめ、

「あれが、山之内家の屋敷です」

と言って、斜《はす》向かいにある表門を指差した。千五百石の旗本にふさわしい門番所付の豪壮な長屋門である。

源九郎たちは門前まで来ると、青山が門番の若党になにやら話した。すると、いっときして門扉がひらいた。門番はおさきや太助たちが来ることを承知していたらしい。

青山と小暮が先にたち、おさきと太助、つづいて源九郎と菅井が表門をくぐった。すぐに、玄関先にふたりの家士があらわれ、源九郎たち六人を屋敷内に案内した。

四

源九郎たち六人は、屋敷の奥座敷に腰を落ち着けた。そこは、書院造りふうの客間だった。上段の間はなく、床の間や棚などがしつらえてある。

おさきと太助は落ち着かない様子で、床の間や棚などに目をやっていた。源九郎と菅井の表情も硬かった。長屋暮らしが長いせいもあって、静謐《せいひつ》な感じのするひろい座敷では腰が落ち着かないのだ。

いっとき待つと、廊下を歩く足音がして襖があいた。姿を見せたのは、四十代半ばと思われる武士だった。小紋の羽織に袴姿である。山之内稲右衛門であろう。山之内は初老の家士をふたり連れていた。客の応対にあたる家士らしい。

山之内は面長で鼻梁が高かった。痩身で、武芸などには縁のなさそうな華奢《きやしや》な体付きをしていたが、双眸には能吏らしい鋭いひかりが宿っていた。

山之内は正面に座すと、

「おさき、太助、元気そうだな」

と、笑みを浮かべて声をかけた。

「は、はい、青山さまや長屋のみなさんに助けていただいたお蔭です」

おさきが、緊張した面持ちで言った。

太助は団栗眼《どんぐりまなこ》を見開いて、山之内を見つめている。

山之内はちいさくうなずいてから、源九郎と菅井に目をむけ、

「華町どのと、菅井どのかな」

と、静かな声で訊いた。

「華町源九郎にございます」

そう言って、源九郎が頭を下げると、

「菅井紋太夫でござる」

菅井も、いかめしい顔をして低頭した。

「ふたりのことは、青山から聞いておる。……わしからも、ふたりに礼を言う」

山之内は源九郎たちに声をかけた後、脇にひかえていたふたりの家士に、頼むぞ、と小声で言った。

すると、ふたりは立ち上がり、源九郎たちに一礼してから座敷を後にした。

「いろいろあったようだが、これからは、おさきや太助に手を出す者はおるまい。富樫は死んだようだし、中村家との縁もきっぱり切れたろうからな」

山之内が、重いひびきのある声で言った。

「殿のおおせのとおりでございます」

青山の顔には安堵の色があった。

「それにしても、富樫はだいそれたことを謀《たくら》んでいたことだな。……お幸も、富樫の口車に乗ったのかもしれん」

山之内がつぶやくような声で言った。

「殿、奥方さまは、山室たちが富樫たちの指図でおさきさまや若の命を狙ったことまでは、ご存じなかったはずですが……」

青山は言葉を濁した。奥方は、富樫たちがおさきと太助の命を狙っていたことを知っていたはずだが、青山には奥方を庇う気持ちがあったようだ。

青山は、おさきと太助のことを、おさきさまと若と呼んだ。長屋とちがって、山之内の前では呼び捨てにはできなかったのだろう。

「わしも、そう思うが……」

山之内も言葉を濁した。

そのとき、廊下を歩く複数の足音がして障子があいた。姿を見せたのは、さきほど座敷から出ていった家士とふたりの奥女中だった。奥女中は盆に載せた湯飲みと茶菓を持っていた。源九郎たちのために用意したらしい。

ふたりの奥女中は、山之内や源九郎たちの膝先に湯飲みと茶菓を置くと、座敷から出ていった。

太助は膝先の木皿に載せた饅頭《まんじゆう》を見て目をかがやかせ、おさきに顔をむけた。食べてもいいか、訊いたらしい。

「太助、食べていいぞ」

山之内が笑みを浮かべて言った。

すると、太助は饅頭に手を伸ばして食べ始めた。夢中になって食べている。腹がすいていたのかもしれない。

一方、源九郎たちには落雁《らくがん》が出された。山之内は、太助のために子供が食べやすく好みそうな饅頭をわざわざ用意したらしい。

山之内はいっとき間を置き、源九郎たちが茶を飲むのを待ってから、

「おさき、どうだな。この屋敷で、暮らす気はないか」

と、おさきに訊いた。

おさきは、ハッとしたような顔をして、いっとき虚空に視線をとめていたが、
山之内の方に顔をむけ、

「山之内さまのおそばで暮らせれば嬉しいのですが、奥方さまやお満さまが

「……」

と、心配そうな顔をして言った。

「お幸のことは、心配せずともよい。お幸もお満も、これまでと同じように屋敷で暮らしてもらうつもりだ。……おさきと太助は、暮らしに慣れるまで別の棟で寝起きしてもらうことになるがな」

山之内がおだやかな声で言った。すでに、おさきたちをどこに迎え入れるか、決めてあったのだろう。

「それなら、太助といっしょにお屋敷に住まわせてください」

おさきが、嬉しそうな顔をした。おさきにすれば、太助とふたりでいつまでも長屋暮らしはつづけられなかったし、太助のことを考えれば、山之内の許で暮らすのが一番幸せだと思っていたのであろう。

それから、青山と小暮が富樫をひそかに討ったことを話してから、

「山室泉右衛門と中村稲之助が、まだ残っております」

と、青山が顔をひきしめて言った。

「どうするつもりだ」

山之内が訊いた。顔がひきしまり、青山にむけられた双眸に強いひかりが宿っ

ている。

「山室は剣の立ち合いという名目で、斬るつもりでおります」

青山が低い声で言った。

下手に山室を斬ると山之内家に累《るい》が及ぶが、剣の立ち合いならば大丈夫だろう。

「中村はどうするな。剣の立ち合いにするには、むずかしかろう」

山之内は、源九郎たちにも目をやって訊いた。

「中村稲之助は遊蕩《ゆうとう》に耽《ふけ》り、奉公人も屋敷におけないほど困窮していると聞いています。それに、屋敷内で博奕《ばくち》をひらいていたという噂もございます。……ひそかに町方に話して手を打ってもらうこともできますし、やくざ者の喧嘩に巻き込まれたことにして、われらが討ち取ってもよいかと」

青山が声をひそめて言った。

「ふたりに、まかせよう」

「心得ました」

青山が言うと、小暮がうなずいた。

それから、小半刻（三十分）ほど、おさきと太助の長屋での暮らしを話した後、青山や源九郎たちは山之内家を辞去することになった。

おさきと太助も、源九郎たちといっしょに長屋にもどることにした。まだ、おさきたちの身のまわりの荷物は長屋に置いてあったし、長屋の者たちに世話になった礼も言いたかったようだ。

帰り際に、山之内が袱紗《ふくさ》包みを青山に渡した。山之内は、あらためて源九郎たちに礼をするつもりのようだ。

青山は長屋に帰ると、すぐに袱紗包みを取り出した。百両つつんであった。青山は、袱紗包みごと源九郎に渡し、

「殿も、華町どのたちには、心から感謝しているようだ」

と、言い添えた。

五

源九郎たちは長屋にもどった翌日、あらためて源九郎の家に集まった。山室を討つ相談をするためである。座敷に顔をそろえたのは、源九郎、菅井、青山、小暮、それに孫六たち四人だった。

「すぐにも、討たねば、山室は姿を消す」

そう言って、源九郎が男たちに目をやった。

「だが、山室の住処《すみか》はつかんでないぞ」

青山が言い添えた。山室道場が神田小柳町にあるのは分かっていたが、山室は道場を出てしまっていた。

「山室は、駿河台にある中村の屋敷に出入りしているようでさァ」

茂次が言った。茂次は三太郎とふたりで中村家の屋敷周辺で聞き込んだとき、耳にしたようだ。

「中村の屋敷を見張れば、山室が姿をあらわすかもしれんな」

源九郎が言った。

「あっしらで、見張りやすぜ」

孫六が言うと、その場にいた茂次、平太、三太郎の三人がいっせいにうなずいた。

孫六たちは、張り切っていた。それというのも、源九郎と菅井は山之内家からもどると、その夜のうちに孫六たちを源九郎の家に呼び、山之内からもらった百両を以前と同じように六人で分けたからだ。

「山室だけでなく、若松や政次郎も姿を見せるかもしれん。できたら、そやつらの塒《ねぐら》もつかんでくれ」

源九郎は、若松や政次郎も始末したかった。

「承知しやした」

「無理をするなよ。山室や若松は尾けられていると知れば、襲ってくるぞ」

「油断はしませんや」

孫六が目をひからせて言った。

源九郎たちの話は、それで終わった。ふだんなら、ここで一杯やるところだが、孫六たちはすぐに源九郎の家から出ていった。今日から、四人で手分けして中村家の屋敷を見張るという。

二日後の昼過ぎ、久し振りに源九郎が座敷で菅井と将棋を指していると、平太が飛び込んできた。

「どうした、平太」

すぐに、源九郎が訊いた。

「き、来やした！　山室が」

平太が息をはずませて言った。めずらしく、平太が肩で息している。顔は汗まみれである。遠方から、走ってきたにちがいない。

「中村の屋敷か」

「へ、へい、山室と政次郎がいっしょでさァ」

「ふたりは、屋敷に入ったのだな」

「入ったままで」

平太によると、孫六、茂次、三太郎の三人が屋敷を見張り、平太が知らせにもどったという。

「菅井、わしらも行ってみるか」

山室が屋敷を出る前に、駿河台まで行ければ、帰りの途中で山室を討つことができる。間に合わなくても、孫六たち三人のうちだれかが残っていれば、様子を聞くことができるだろう。

「おい、将棋はどうするのだ」

菅井が渋い顔をした。めずらしく、局面は菅井にかたむいていたのだ。

「このままにして、帰ってきてからつづけたらよかろう。一杯やりながら、夜通し指してもいいぞ」

「夜通しだと！　よし、行こう」

菅井が勢いよく立ち上がった。

「平太、青山と小暮どのにも知らせてくれ」

源九郎は、相手が山室ひとりとは限らないので、念のため青山たちにも来てもらおうと思った。

「承知しやした」

平太は、すぐに青山たちのいる家に走った。

待つまでもなく、平太が青山と小暮を連れてもどってきた。

「山室が中村家にあらわれたそうだな」

青山が、源九郎の顔を見るなり言った。

「これから行くつもりだ」

「わしらも、行こう」

源九郎、菅井、青山、小暮、平太の五人は、すぐにはぐれ長屋を出た。陽は西の空にかたむいていたが、夕暮れ前に駿河台に着けるだろう。

そのころ、孫六たち三人は、旗本屋敷の築地塀《ついじべい》の陰に身をひそめていた。そこから、斜向かいにある中村家の屋敷を見張っていたのだ。

「出てこねえなァ」

孫六が屋敷の表門に目をやりながら間延びした声で言った。

「一杯やってるんじゃァねえかな」

そう言って、茂次が両手で腰を擦った。そこは、隣の武家屋敷の築地塀の間にある狭い空き地で、腰を下ろすような場所がなかった。すこし前屈みの恰好で、表門を見続けたせいで、腰が痛くなったようだ。

「華町の旦那たちは、来やすかね」

三太郎が訊いた。

「おれは、来るとみてるぜ」

孫六がしたり顔で言った。

そのときだった。表門の脇のくぐりがあいた。姿をあらわしたのは、政次郎だった。ひとりである。

「やつ、ひとりだ」

見ると、政次郎は懐に片手をつっ込み、すこし前屈みの恰好で通りを歩いていく。

「どうしやす」

三太郎が訊いた。

「おれが、政次郎を尾けるぜ。三人で、雁首を並べてたってしょうがねえからな。とっつァん、山室のことは頼んだぜ」

そう言い残し、茂次は築地塀の陰から通りに出た。

茂次は武家屋敷の築地塀や通り沿いの樹陰などに身を隠し、政次郎の跡を尾けていく。

孫六と三太郎はその場に残り、中村家の屋敷の表門に目をむけていた。

そのうち、陽が沈み、築地塀の陰に淡い夕闇が忍び寄ってきた。そろそろ暮れ六ツ（午後六時）の鐘が鳴るのではあるまいか。

「親分、あれは、平太たちかもしれねえ」

三太郎が通りの先を指差して言った。

平太らしい人影が、ちいさく見えた。こちらにやってくる。

「後ろに、華町の旦那たちもいるぜ」

孫六が身を乗り出すようにして通りに目をやった。

平太の後ろに、四人の武士の姿が見えた。顔ははっきりしなかったが、その体《たい》軀《く》と身装から、源九郎や青山たちだと知れた。

六

源九郎たちは、築地塀の陰に身を寄せると、

「し、茂次はどうした」

源九郎が訊いた。顔が赭黒《あかぐろ》く紅潮し、肩で息をしていた。走ったわけではないが、長い道程を足早に歩いてきたため、息が上がったらしい。

菅井、青山、小暮の三人も顔が紅潮し、汗が浮いていた。源九郎ほどではないが、息も乱れている。

「茂次は政次郎を尾けやした」

孫六は、茂次が政次郎を尾けた経緯をかいつまんで話した。

「山室は、まだ屋敷にいるのだな」

「いやす」

「今夜は泊まるのかもしれんな」

菅井が中村家の表門に目をやりながら言った。

「どうかな」

源九郎は、山室だけ屋敷に泊まるとは思えなかった。

「屋敷に、押し込むか。これだけいれば、山室も中村も討ち取れるぞ」

菅井が目をひからせて言った。

「そんなことができるなら、屋敷を見張ることなどないではないか」

源九郎がそういったときだった。

表門の脇のくぐり戸があいて、人影があらわれた。

「山室だ！」

菅井が身を乗り出して言った。

「もうひとり、出てくるぞ」

山室につづいて武士がひとり姿を見せた。若松である。若松は中村家に仕える若党である。

「若松もいっしょだぞ」

山室と若松は、表門から神田川沿いの通りに出た。東にむかっていく。

「どうしやす」

孫六が訊いた。

「尾けよう」

源九郎たち七人は、山室と若松の跡を尾け始めた。まとまって尾けると目立つので、二人、三人とかたまりになって、供連れの武士を装った。

夕暮れ時だった。陽は沈み、西の空は茜色《あかねいろ》の夕焼けに染まっていた。神田川沿いの通りは、ひっそりとしていた。人影はほとんどなく、ときおり供連れの武士や中間などが、通り過ぎるだけである。

「おい、華町、ここらで仕掛けたらどうだ」

菅井が源九郎に身を寄せて言った。

「そうだな」

源九郎も、この通りなら山室たちと闘っても、大きな騒ぎにはならないだろう、と思った。

「平太、後ろの青山たちに知らせてくれ。この道で、山室たちを挟み撃ちにする。わしらは別の道をたどって、山室たちの前に出るつもりだ。青山たちには、そのまま尾けるように言ってくれ」

「承知しやした」

すぐに、平太は反転し、後ろからくる青山たちにむかって走った。

「わしらは、そこの道をたどって前に出るぞ」

源九郎の足が速くなった。

右手に入る路地があった。この辺りは大身の旗本屋敷が多く、細い通りが屋敷の間を縦横につながっているので、急いで路地をたどれば山室たちの前に出られるはずである。

右手の細い路地に入ると、

「華町、走るぞ！」

菅井が走りだした。

源九郎は菅井の後を追ったが、すぐに遅れだした。走るのは、菅井にかなわない。

「どうした、華町。それでは、山室たちの前に出られないぞ」

「か、勝手に、先に行ってくれ」

源九郎は、とても菅井といっしょには走れないと思った。

源九郎は懸命に走ったが、菅井との間はひらくばかりだった。そのうち、息が上がり、足がもつれるようになってきた。源九郎はハァハァしながら、よたよたと走った。それでも、歩くよりはましである。

「おい、そこから川沿いの通りへもどるぞ。……これだけ走れば、山室たちの前に出たはずだ」

菅井が声をかけた。路地の先が四辻になっていた。左手にまがれば、川沿いの通りに出られるはずだ。

菅井は源九郎が近付くのを待ってから、左手の路地に入った。路地の先に、川沿いの通りが見える。

源九郎と菅井は通りに出ると、路地の角にあった武家屋敷の築地塀の陰から通りに目をやった。

「山室たちだ！」

菅井が声を上げた。

「ま、前に、出られたな」

源九郎が肩で息しながら言った。まだ、息は乱れ、心ノ臓は早鐘のように鳴っている。

山室と若松の姿は、一町ほど先にあった。まだ、源九郎たちには気付いてないらしく、ふたりで何やら話しながらこちらに歩いてくる。

「見ろ、青山どのたちが跡を尾けてくる」

菅井が言った。

「……………」

山室たちの後方に、青山たちの姿が見えた。すこし、間をつめたようだ。

「華町、山室たちが近付くまでに、息をととのえておけよ」

菅井がしたり顔で言った。

「わ、分かった」

菅井の言うとおり、息が乱れていては山室たちの闘いに後れをとる。

源九郎は大きく息を吸って、ゆっくりと吐いた。何度か、繰り返すといくぶん息が収まってきた。

「来たぞ!」

菅井が前方を見すえて言った。

山室と若松の姿が、間近に迫っていた。背後から来る青山たちも間をつめている。ふたりは、まだ源九郎や青山たちに気付いていない。

七

「いくぞ!」

菅井が通りに走り出た。

源九郎がつづいた。ふたりは、通りのなかほどに立って、山室と若松の行く手をふさいだ。

山室と若松は、驚いたような顔をして足をとめた。

「華町と菅井か！」

山室が源九郎たちを見すえて言った。臆した様子はなかった。双眸が鋭いひかりを宿している。

若松の顔は、こわばっていた。視線が戸惑うように揺れている。

「山室、待っていたぞ」

源九郎は、ここで山室との勝負を決しようと思った。ひとりの剣客として、立ち合うのである。

そのとき、背後から近付いてくる足音がした。

若松が振り返り、

「青山たちだ！」

と、叫んだ。顔がひき攣《つ》ったようにゆがんだ。挟み撃ちになる、と察知したようだ。

山室と若松の背後を、青山と小暮、それに平太たちがかためている。

「ここで、待ち伏せていたのか」

山室が怒りの色を浮かべた。

「おぬしらは、何度も待ち伏せしたではないか」

源九郎は山室の前に立った。

「……！」

「山室、わしが相手だ。尋常に立ち合え」

源九郎は刀に手をかけた。

「華町、今日こそ、うぬの素っ首、たたき斬ってくれる！」

言いざま、山室が抜刀した。

源九郎も抜いた。ふたりは相青眼に構え、切っ先をむけあったが、すぐに山室が八相にとった。両肘を高くし、刀身を垂直に立てた大きな構えである。対する源九郎は、青眼に構えたまま剣尖を山室の目線につけた。

ふたりの間合は、およそ三間半――。

まだ、斬撃の間境の外である。

源九郎と山室は全身に気勢をこめ、斬撃の気配をみせたまま動かなかった。気攻めである。

一方、菅井は若松の前に立っていた。左手で刀の鍔元を握り、居合腰に沈めて抜刀体勢をとっている。

「ま、待て！」

若松は後じさった、顔に恐怖の色がある。菅井の居合には、太刀打ちできないと知っているようだ。

かまわず、菅井は居合の抜刀体勢をとったまま、若松との間合をつめ始めた。若松が後ろを振り返った。逃げようとしたらしいが、反転しなかった。後ろに青山が立っていたのだ。しかも、青山は刀を手にして、切っ先を若松にむけていた。

「……！」

若松の顔から血の気が引いた。刀身がワナワナと震えている。これでは、闘いにならない。

対峙した菅井の全身から闘気が消えた。若松を斬る気がなくなったようだ。青山も若松が恐怖に身を竦ませているのを見て、近付いてきた。斬らずに、取り押さえるつもりらしい。

「若松、刀を下ろせ」

青山が後ろから声をかけた。

源九郎と山室は、青眼と八相に構えたまま対峙していた。全身に気勢を込め、気魄で敵を攻めている。

……真っ向か！

源九郎は山室の両肘を高くとった大きな八相の構えから、真っ向にくる、と読んだ。同時に、剛剣であろうと思った。まともに受けたら、受けた刀ごと斬り下げられるかもしれない。

身を引いて、斬撃をかわすこともむずかしい。山室の真っ向への斬撃は両肘がまっすぐになり、切っ先が伸びるはずだ。

……受け流すしかない！

と、源九郎は頭のどこかで思った。

ふいに、山室が動いた。山室は八相に構えたまま、摺り足で源九郎との間合をせばめ始めた。

源九郎も動いた。趾《あしゆび》を這《は》うように動かし、ジリジリと山室との間合をつめていく。ふたりの間合が、一気に狭まり、斬撃の気配が高まってきた。両者とも、いまにも斬り込んでいきそうである。

山室の寄り身がとまった。一足一刀の斬撃の間境の半歩手前である。山室は鋭い剣気をはなち、斬撃の気配をみせた。

……この間合からくる！

源九郎が感知した瞬間、
イヤアッ！

山室が裂帛《れっぱく》の気合を発して斬り込んできた。

一歩踏み込みざま真っ向へ——。

剛剣が唸《うな》りを上げて、源九郎の頭頂を襲う。

間髪を入れず、源九郎が刀身を逆袈裟に撥《は》ね上げた。

真っ向と逆袈裟——。

二筋の閃光が合致し、シャッ！　という鎬《しのぎ》の擦れる音がし、青火が散った。刹《せつ》那《な》、山室の刀身は流れ、源九郎のそれは撥ね上がった。源九郎が山室の真っ向への斬撃を受け流したのである。

次の瞬間、両者は身を引きざま、二の太刀をはなった。一瞬の反応である。

源九郎は刀身を返しざま袈裟へ——。

山室は流れた刀身を下からすくい上げるように逆袈裟へ——。

源九郎の切っ先は山室の右肩をとらえ、山室の切っ先は源九郎の脇腹をとらえた。

ザックリ、と山室の右肩が裂け、肩先から血が噴いた。源九郎の着物の脇腹が横に裂け、あらわになった肌にうすい血の線がはしった。

一瞬一合の勝負だった。

ふたりは後ろに跳んで、ふたたび青眼と八相に構えあった。

山室の顔が苦痛にゆがみ、刀身がビクビクと震えている。肩からの出血が、山室の上半身を赤く染めていく。

源九郎の腹にも血の色があったが、かすり傷だった。源九郎は切っ先を山室の目線にむけている。

「山室、勝負あったな」

源九郎が山室を見すえて言った。

源九郎の顔がひき締まり、双眸が燃えるようにひかっている。剣客らしい凄みのある顔である。

「まだ、勝負はついておらぬ！」

言いざま、山室は摺り足で間合をつめてきた。

山室の八相に構えた刀身は、肩に担ぐような恰好になっていた。肩を斬られて右腕が自由にならず、肘を高く上げられないのだ。

……斬り込むことはできぬ！

と、源九郎はみてとった。山室は、刀を前に振り下ろすだけであろう。

源九郎は、青眼に構えたまま山室が斬撃の間合に踏み込むのを待った。

いきなり、山室が仕掛けてきた。斬撃の間境の一歩手前である。山室は大きく踏み込みざま、オリャア！　と獣の咆哮《ほうこう》のような気合を発して真っ向へ斬り込んできた。

伸びのない斬撃だった。真っ向といっても、前に突き出すような太刀である。速さも鋭さもない。

源九郎は身を引いて山室の切っ先をかわすと、鋭い気合を発して真っ向へ斬り込んだ。

切っ先が山室の頭部をとらえた。

にぶい骨音がして、山村の頭から額にかけて血の線がはしった瞬間、頭が柘榴《ざくろ》のように割れ、血と脳漿《のうしょう》が飛び散った。

山室は悲鳴も呻き声も上げなかった。体が揺れ、腰からくずれるように転倒した。地面に仰臥《ぎようが》した山室は顔が熟柿《じゆくし》のように血に染まり、カッと瞠《みひら》いた両眼が白く飛び出しているように見えた。凄《すさ》まじい死顔である。

源九郎は山室の脇に立つと、ひとつ大きく息を吐いた。しだいに胸の動悸《どうき》が収まり、体中に煮え滾っていた血が静まってきた。

そこへ、菅井が歩を寄せ、

「華町、みごとだ。おれが、手を出す間もなかったぞ」

そう言って、横たわっている山室に目をやった。菅井も興奮しているらしく、双眸がひかっている。

「若松はどうした」

源九郎が若松に目をやった。

若松のまわりに青山と小暮、それに孫六の姿があった。青山が切っ先を若松の首にむけ、孫六が若松の両腕を後ろにとって縄をかけていた。若松は斬らずに、捕らえるつもりらしい。

「残るは、中村だけだな」

源九郎がつぶやくように言った。

神田川沿いの道は濃い夕闇につつまれていた。人影もなく、辺りはひっそりと静まっている。汀《みぎわ》に寄せる神田川の小波《さざなみ》の音だけが、絶え間なく聞こえてくる。

第六章　自　害

一

若松は、座敷のなかほどに座っていた。顔が蒼《あお》ざめ、体が顫《ふる》えている。

源九郎の家だった。捕らえた若松をはぐれ長屋まで連れてきたのだ。座敷には、源九郎、菅井、青山、小暮、それに若松がいた。孫六たちは、それぞれの家にもどっている。

すでに、四ツ（午後十時）を過ぎていた。長屋は寝静まり、ときおり赤子の泣き声や犬の遠吠えなどが聞こえてくるだけである。

座敷の隅に置かれた行灯《あんどん》の灯《ひ》に照らされた源九郎たちの顔が、赤く爛《ただ》れたように闇のなかに浮かび上がっていた。

「若松、おぬしに訊《き》きたいことがある」

源九郎が切り出した。

「おぬしらが、おさきや太助を斬ろうとしたわけは訊かぬ。すでに、富樫と中村の悪計《わるだくみ》は、吉山から聞いているのでな。それに、富樫も山室も死んだ。こうなっては、中村もどうにもなるまい」

「……！」

若松の視線が落ち着きなく揺れている。

「中村は、金に困っていたそうだな」

源九郎が訊くと、若松は無言でうなずいた。

「放蕩《ほうとう》のためか」

「と、殿は、料理屋に頻繁に出かけていたらしい」

旗本の場合、二百石でも、家士や奉公人から殿と呼ばれている。

若松によると、中村は非役でいつも暇を持て余していたそうだ。そうした無《ぶ》聊《りよう》を慰めるためもあって、料理屋に出かけるようになったという。

「料理屋だけか」

「よ、吉原に出かけることもあったようだ。……それで、ちかごろは金に困り、奉公人にも払えなくなったらしい」

若松は隠す気はないようだった。観念したのか、中村に忠義立てする気も失《う》せたようである。

「中村家には、二百石の扶持《ふち》があろう」

貧したといっても、中村家は二百石の旗本である。

「札差から借りていて、借金を返すのに追われていたと聞いている」

そのとき、脇で聞いていた菅井が、

「つぶれ旗本だな」

と、つぶやいた。

「ところで、中村屋敷で博奕《ばくち》をやることがあったと聞いているが、そうなのか」

源九郎が声をあらためて訊いた。

「……………」

若松は口をつぐみ、ためらうような顔をした。若松自身も博奕にくわわることがあったのかもしれない。

「どうだ、中間《ちゅうげん》部屋で博奕をやっていたのではないか」

「やったこともあるようです」

「中村もくわわったな」

源九郎は語気を強くして訊いた。

「……………」

若松が肩を落としてうなずいた。

「やはり、そうか」

放蕩はともかく、屋敷内を賭場に使い、しかも中村自身も博奕にくわわっていたとなると、罪は重い。これだけの悪事が公儀に発覚すれば、それこそ中村家はつぶされるのではあるまいか。

「おぬしや八木は、俸禄もまともにもらえないのに、なぜ中村に味方して危ない橋を渡ったのだ」

源九郎が訊いた。

「そ、それは……」

若松が口ごもった。言いにくいようだ。

「何か理由《わけ》があろう」

「と、殿に、恩義を感じていたからだ」

若松が声をつまらせて言った。

「恩義だと」

「そうだ。……殿は奉公人には、何かと気を使ってくれた。それに、此度《こたび》の件も、彦太郎さまが山之内家の婿に迎えられれば、山之内さまに頼んで他の旗本の家士に推挙してもらうことができるし、幕府に仕官する道もひらけるとおおせられた。……それで、われらは、富樫さまや山室さまの指図で動くことにしたのだ」

「おぬしら、中村に騙《だま》されたな」

菅井が言った。

「い、いや、ちがう。殿は自堕落で放蕩に耽《ふけ》っていたが、奥方やお子には、ことのほか優しかった。……此度の件も、三人のお子の将来を思ってのことなのだ」

「三人とも、男の子だったな」

源九郎は、中村家には長男の彦太郎を筆頭に、次男の繁次郎、三男の峰之助がいると聞いていた。

「殿は、長男の彦太郎さまを山之内家の婿に迎えてもらい、次男の繁次郎さまに中村家を継がせるおつもりだったのだ。それに、彦太郎さまが山之内家を継げば、三男の峰之助さまも、相応の旗本の婿養子に迎えてもらうことができると、考えておられたようだ」

「うむ……」

中村は、そう根の悪い男ではないようだ、と源九郎は思った。

源九郎が口をつぐんだとき、

「いまも、中村は屋敷にいるのか」

青山が訊いた。その声には、おだやかなひびきがあった。青山も、中村はそれほどの悪党ではない、と思ったのかもしれない。

「いるはずだ。……殿には、屋敷の他にいる場所はないからな」

「奉公人は？」

「いまは、八木どのと、下男下女がひとりずついるだけだ」

「そうか」

青山はそれ以上訊かなかった。

「こやつ、どうする」

菅井が若松に目をやって言った。

「うむ……」

源九郎は、若松を斬るまでもない、と思った。ただ、このまま解き放つと、中村家にもどって、源九郎たちのことを話すだろう。

「しばらく、わしの家にいてもらうか」

源九郎が言った。

ことが済むまで、若松を源九郎の家に監禁しておくことにした。菅井のところには、青山たちがいたし、おさきたちの家におくこともできなかった。

源九郎は若松に縄をかけて座敷で監禁していたが、それほど厳重に縛りつけていたわけではない。厠《かわや》も、源九郎が途中までついていっただけである。逃げるなら、逃げてもいいと思っていたのだ。

二

若松から話を聞いた翌日、菅井、青山、小暮、それに茂次と孫六が、神田須田町にむかった。孫六と平太が政次郎の塒《ねぐら》をつきとめてきたのである。

源九郎は行かなかった。若松を監禁していたこともあるが、政次郎ひとりを捕らえるのに、それほどの人数はいらなかったのだ。

その日、暗くなってから、菅井たちが政次郎を捕らえて長屋に帰ってきた。源九郎の部屋で若松を監禁していたので、菅井の家で政次郎から話を聞くことにした。

政次郎にも、若松とほぼ同じことを訊いた。若松の供述を確かめるためである。政次郎も、隠さずに答えた。すでに、富樫や山室が討たれ、若松が捕らえられて自白したことを知り、隠しても仕方がないと思ったらしい。

政次郎の話から、若松の証言は虚言ではないことが分かった。政次郎は、ほぼ同じことを口にしたのだ。

源九郎や菅井の訊問《じんもん》が一段落したとき、

「政次郎、おめえも、中村屋敷で博奕をやったな」

と、孫六が訊いた。

「ほんの手慰みでさァ」

政次郎が、首をすくめながら言った。

「他の賭場でも、やったんじゃァねえのかい」

孫六が政次郎を見すえて訊いた。

すでに、孫六は島造の身柄を栄造に渡してあった。栄造の話では、島造は賭場に出入りしていたらしいという。孫六は、島造が賭場に出入りしていたのなら、政次郎も同じだと睨《にら》んだようだ

「……と、賭場に、行ったことはねえ」

政次郎の顔に、狼狽《ろうばい》の色が浮いた。

「おい、白を切ったって駄目《だめ》だぜ。島造が、おめえといっしょに賭場に行ったことがあるとしゃべってるんだ」

孫六が政次郎を見すえて言った。島造が、政次郎といっしょだと話したかどうか知らないが、孫六はそう言ったのだ。

「……！」

政次郎の顔がこわばり、体がかすかに顫えだした。ごまかせない、と思ったようだ。

「行ったな」

孫六が語気を強くして訊いた。

「へ、へい、ちょいと、手慰みに……」

政次郎が、首をすくめて言った。目に不安そうな色が浮いた。賭場に出入りしていたことが知れると、敲《たたき》ぐらいではすまないと思ったのかもしれない。

手慰みとは、博奕のことである。

「こいつは、あっしにまかせてくだせえ」

孫六が源九郎たちに言った。

孫六は、政次郎を島造と同じように栄造に引き渡すつもりらしい。

「孫六にまかせよう」

源九郎が言った。


政次郎を訊問した翌朝、源九郎、菅井、青山、小暮、それに、茂次、平太、三太郎の七人は、長屋を出て駿河台にむかった。

「中村家に乗り込んで、始末をつけよう」

源九郎が言い出し、青山たちも同意したのだ。

その日は、曇天だった。朝から重苦しい雲が、空をおおっていた。ただ、雨の心配はなさそうだった。東の空は雲が薄く、明るかった。その明るさが、上空にもひろがってくる気配がある。

源九郎たちは駿河台の道筋をたどり、中村家の屋敷の近くまで来て足をとめた。表門の門扉はしまっている。

「くぐりから入れるかな」

源九郎が言うと、

「あっしが、見てきやしょう」

すぐに、茂次が表門の方に走った。

茂次はくぐりの前に立ち、手を伸ばしてあけようとしたがあかなかった。

茂次はもどってきて、

「あきませんや」

と、源九郎たちに伝えた。

「何も門から入ることはないぞ。この屋敷の塀なら、どこからでも入れる」

菅井が、屋敷に目をやりながら言った。

築地塀《ついじべい》が所々くずれていた。場所によっては、くずれた所から敷地内に侵入できるかもしれない。

源九郎たちは塀に沿って歩いた。一か所、大きくくずれた所があった。

「そこから、入れそうだ」

源九郎たちは、くずれた塀のそばに近寄った。何とか入れそうである。

通りに目をやり、近くに人影がないのを確かめてから、源九郎たちはひとりずつ敷地内に入った。

そこは、庭の隅だった。庭木の松と山紅葉が、枝葉を茂らせていた。ひさしく植木屋の手が入らないとみえ、樹形が乱れてぼさぼさである。

源九郎たちは、松の樹陰に隠れて屋敷に目をやった。屋敷の庭に面したところに、縁側があった。縁側の奥に障子がたててある。そこが座敷になっているようだ。

かすかに話し声がした。男の声だった。武家言葉である。中村は、その座敷にいるのかもしれない。

「近付いてみるか」

源九郎たちは足音を忍ばせて、縁先に近付いた。

縁側の脇の戸袋に身を寄せて、聞き耳を立てると、座敷の声がはっきりと聞こえてきた。会話のなかに、殿、と呼ぶ声がした。また、もうひとりの声の主が、八木、と呼んだ。そのことから、座敷にいるのが、中村と八木であることが知れた。

屋敷の奥からも、かすかに人声が聞こえた。何人かで話しているようだが、いずれも男児《おとこのこ》らしい。中村の子供の三兄弟ではあるまいか。

「小暮、念のために裏手にまわってくれ」

青山が指示した。

「承知」

小暮が踵《きびす》を返して裏手にむかうと、三太郎と平太が後についた。ここに来る前、ふたりは裏手にまわることになっていたのだ。

源九郎たちの狙いは、中村と八木だけだった。家族や奉公人が屋敷から逃げ出しても見逃すことにしていた。小暮は、中村か八木が裏手から逃げようとしたとき、その足をとめる役だった。三太郎と平太は、源九郎たちへの連絡役である。

小暮たちの姿が見えなくなったとき、

「いくぞ」

と、源九郎が声をかけた。

三

源九郎、菅井、青山の三人は、足音を忍ばせて縁側に近付いた。茂次は戸袋の脇に立ったまま、源九郎たちに目をむけている。

障子のむこうから、中村と八木の声が聞こえた。ふたりは、山室と若松のことを話していた。ふたりが屋敷に姿を見せないので、何かあったのではないか、と懸念しているようだ。

源九郎と青山が、縁側の前に立った。菅井は、ふたりの脇にいる。闘いの様子を見て、飛び出すつもりなのだろう。

「中村稲之助、姿を見せろ！」

源九郎が声をかけた。

すると、座敷の話し声がやんだ。何の物音もしない。座敷にいるふたりは、息を呑んで外の気配をうかがっているようだ。

「出てこなければ、踏み込むぞ」

ふたたび、源九郎が声をかけた。

すると、座敷でひとの立ち上がる気配がし、すぐに障子があいた。姿を見せたのは、八木だった。八木は刀を手にしていた。咄嗟《とっさ》に、近くに置いてあった刀を手にして立ち上がったらしい。

「華町たちだ！」

八木が叫んだ。顔がひき攣《つ》ったようにゆがんでいる。

すぐに、もうひとりの武士が顔を出した。中村であろう。小袖に角帯姿だった。中背で痩身である。面長で、細い目をしていた。

「と、殿、華町と青山です！　脇にいるのが、菅井……」

八木が声をつまらせて言った。

中村が驚いたように目を剝《む》いた。まさか、屋敷内に源九郎たちが乗り込んでくるとは思っていなかったのだろう。

「わしらが、山室を斬った。若松も捕らえてある。……中村、残っているのは、おぬしと八木だけだぞ」

源九郎が中村を見すえて言った。

「お、おのれ……」

中村が怒りの色を浮かべたが、声に力がなかった。

「ふたりとも、観念しろ。そこもとたちの悪計はすべて露見したぞ。若松と政次郎が、吐いたのだ。山之内さまも、すべて承知しておられる」

青山が言った。

「……！」

中村の顔に怯《おび》えと狼狽の色が浮いた。体が顫えている。

「殿！　こやつらを始末すれば、まだ何とかなります」

八木が叫びざま、廊下に飛び出した。顔がひき攣り、目がつり上がっている。逆上しているらしい。

八木は刀を抜きはなち、切っ先を正面に立っている源九郎にむけた。源九郎は動じなかった。縁先から身を引いただけで、刀に手もかけなかった。

すると、源九郎の脇にいた菅井が、

「八木は、おれにまかせろ」

そう言って、縁側の隅に上がり、居合の抜刀体勢をとった。

「八木、刀を捨てろ！」

菅井が叫んだ。

「きさまも斬る！」

八木が菅井に体をむけて青眼に構えた。

切っ先が、ワナワナと震えている。逆上し、体が顫えているのだ。

イヤアッ！

八木が絶叫のような気合を発し、いきなり斬り込んできた。

間髪をいれず、菅井が抜きつけた。シャッ、という刀身の鞘走《さやばし》る音がし、菅井の腰元から閃光《せんこう》が逆袈裟《ぎやくげさ》にはしった。居合の抜き付けの神速の一刀である。

菅井の切っ先が、踏み込んできた八木の首筋をとらえた。

ビュッ、と血が飛んだ。

刹那《せつな》、八木の首がかしげ、血飛沫《ちしぶき》が驟雨《しゅうう》のように飛び散った。菅井の一颯《いっさつ》が、八木の首をとらえたのである。

八木は血を撒《ま》き散らしながら、腰からくずれるように転倒した。

縁側に俯《うつぶ》せに倒れた八木の首から血が奔騰《ほんとう》し、見る間に縁側は血の海になった。

八木の体がビクビクと痙攣《けいれん》していたが、すぐに動かなくなった。絶命したようである。飛び散った血が、障子や縁側を小桶で撒いたように赤く染めている。

菅井は刀身に血振りをくれて納刀した。ひとを斬ったために、菅井の般若《はんにゃ》のような顔が紅潮し、細い双眸《そうぼう》が切っ先のようにひかっている。凄烈《せいれつ》な顔である。

中村は息を呑み、廊下に血塗《ちまみ》れになって横たわっている八木に目をやっていた。顔が紙のように蒼ざめ、体が小刻みに顫えている。

「中村、どうする。八木のように首を落としてもらいたいか」

源九郎が静かだが、重いひびきのある声で言った。

「よ、よせ……」

中村は後じさった。

源九郎と青山はすばやく縁側に上がり、中村のいる座敷に踏み込んだ。そこは、居間のようだった。座敷のなかほどに湯飲みが置いてあった。中村と八木は茶を喫しながら、話していたらしい。

「中村、観念しろ。すでに、おぬしが屋敷内で賭場をひらいていたこともつかんでいる。わしらの手から逃れても、山之内さまが公儀に知らせれば、おぬしは斬首、中村家は断絶だぞ」

源九郎が中村を見すえて言った。

「や、やめてくれ……」

中村が声を震わせて言った。源九郎と青山にむけられた目に、哀願するような色があった。

「家をつぶされれば、妻女も三人の子も生きてはいられまい」

さらに、源九郎が言った。

「お、おれは、どうなってもいい。子供たちは、助けてくれ」

「ならば、手はひとつしかない」

「……！」

中村の体の動きがとまり、あらためて源九郎に目をむけた。

「中村、武士らしく腹を切れ。……日頃の不徳を恥じて、武士らしく腹を切ったと、わしらが山之内さまに知らせよう」

源九郎が言うと、

「中村どの、殿も中村どのには三人のお子がいることを知っておられる。腹を切ったことを知れば、このことはすべて水に流してくれるはずだ」

青山が静かな声で言い添えた。

「……………」

中村は蒼ざめた顔で立っていた。目が虚空にとまったままである。

「腹を切る気がないなら、おれが首を落としてやる」

そう言って、菅井が中村に近付いた。

「き、切る。腹を切る……」

中村が声を震わせて言った。


屋敷内は、ひっそりと静まっていた。奥から聞こえていた子供たちの声も、まったく聞こえなかった。居間での闘いの物音を聞いて、奥方と三人の子は、どこかに身を隠したのかもしれない。

中村は縁側に端座した。座敷を血で汚したくなかったらしい。介錯《かいしやく》は、青山がやることになった。

「わしに、やらせてくれ」

と、青山が源九郎たちに頼んだのだ。青山は、此度の件の決着を山之内家に仕える自分の手でつけたい、と思ったらしい。

青山は羽織を脱ぎ、両袖を襷《たすき》で絞った。顔が緊張している。斬り合いでひとを斬ったことはあるが、切腹の介錯は初めてのようだ。

中村は覚悟を決めたらしく、切腹を躊躇《ちゅうちょ》するような素振りは見せなかった。それでも、顔は蒼ざめ、体は顫えていた。やはり、切腹となると、平常心ではいられないようだ。

中村は自分の手で小袖の両袖をひらき、腹をあらわにした。そして、右手で左の脇腹を撫《な》でた後、用意した奉書紙につつんだ小刀を右手でつかんだ。

すると、青山が刀を抜き、中村の脇に立って八相に構えた。青山の顔がけわしくなり、全身に気魄《きはく》がこもった。

中村はゆっくりとした動きで、小刀の切っ先を左の脇腹に近付けた。切っ先が小刻みに揺れている。小刀を摑《つか》んだ右手が震えているのだ。

中村が切っ先を左の脇腹につけた。一瞬、中村の体が凍りついたように固まり、動きがとまった。

次の瞬間、中村は上体を前にかしがせ、切っ先を脇腹に突き立てた。

グッ、と中村の喉が鳴り、顔がゆがんだ。中村は渾身《こんしん》の力をふり絞って、腹を横に掻《か》っ切ろうとした。だが、右腕が震えて、腹を横に切り裂くことができない。

タアッ！

鋭い気合を発し、青山が刀を一閃《いっせん》させた。

かすかな骨音がし、中村の首が前に大きくかしいだ。刹那、首から血が赤い帯のようにはしった。首の血管《ちくだ》から噴出した血が、見る者の目に赤い帯のように映じたのだ。

中村は、首を垂れたまま血を噴出させていたが、すぐに出血は収まり、赤い筋を引いて流れ落ちるだけになった。

中村は絶命していた。いっときすると、出血もとまった。中村は端座したまま首を前に垂らして動かない。

「見事な切腹だった」

源九郎が言った。

「後は、家の者にまかせよう」

青山は刀身に血振りをくれて納刀した。まだ、介錯の気の昂《たかぶ》りが残っているらしく、目が異様なひかりを宿していた。

屋敷内は、静寂につつまれていた。源九郎たちは、茂次に頼んで裏手にいる小暮たちを呼び、侵入した築地塀のくずれた場所から通りに出た。

四

「青山どの、もう一杯、飲んでくれ」

菅井が貧乏徳利を青山にむけて言った。

「すまんな」

青山が湯飲みを差し出した。

はぐれ長屋の菅井の家だった。菅井と青山の他に、源九郎、小暮、それに孫六たち四人が集まっていた。

源九郎たちが中村家に踏み込み、八木を斬り、中村を切腹させて半月ほど過ぎていた。

この間、青山と小暮は何度も山之内家に出向き、おさきと太助が屋敷に入るための準備をしたり、山之内家の奥向きや庶務に当たっていた。山之内の強い要請があり、青山が富樫にかわって用人の仕事をすることになったのだ。

そして、明朝、おさきと太助、それに青山と小暮が、はぐれ長屋を出ることになったのである。

菅井は青山たちが長屋を出ることを知ると、

「よし、今夜は飲みながら話そう」

と言い出し、源九郎や孫六に話し、長屋の仲間たちを集めたのである。

「華町どの、色々世話になったな」

青山が貧乏徳利を差し出して言った。

「青山、よかったな。……おぬしがそばにいれば、おさきと太助も山之内家に入ってうまくやっていけるだろう」

源九郎は目を細めて猪口《ちよく》で酒を受けた。

「華町どのをはじめ、長屋のみんなのお蔭だよ」

「いや、わしらは青山と小暮どのに手を貸しただけだ」

そう言って、源九郎は湯飲みの酒をかたむけた。

「ところで、中村家だが、どうなったのだ」

菅井が訊いた。

源九郎も青山に顔をむけた。その後、中村家がどうなったか、気になっていたのだ。

「殿からお聞きしたのだがな」

そう切り出して、青山が話しだした。

「中村家の親戚筋の者が、病死ということで公儀にとどけ出たそうだ。むろん、公儀の目付筋の者は、中村が切腹したことは耳にするだろうが、武士が己の不徳を恥じて腹を切ったのなら、それを理由に、咎《とが》めるようなことはあるまい。……殿も、いずれ中村家の嫡男の彦太郎が、家を継ぐことになるのではないか、とおおせられていたよ」

「そうか」

源九郎も、ほっとした。彦太郎が中村家を継げなければ、跡に残された妻女の浜江や三人の子が生きていくことはできないだろう。

青山の話が終わると、

「とっつァん、島造と政次郎はどうなった」

茂次が、孫六に訊いた。

島造と政次郎の身柄は、岡っ引きの栄造に渡してあった。孫六は栄造に、ふたりは賭場に出入りしていたらしい、と言っただけで、中村家のことは話さなかったようだ。栄造にしても、中村家の屋敷が賭場になっていたと聞いても、当の中村が切腹していることもあり、探るつもりはないだろう。

「ふたりとも、賭場で博奕をしたことを認めたようですぜ」

孫六が源九郎たちに顔をむけて言った。

「それで、どうなった」

源九郎が話の先をうながした。

「ふたりは、栄造に賭場のある場所を訊かれると、隠さずに話したそうでさァ」

「賭場のある場所まで話したのか」

源九郎は、そこまで島造たちが口にするとは思わなかった。博奕の科《とが》で吟味を受けた者は、後で賭場の貸元にどんな制裁を受けるか分からないので、噂で聞いた場所などを口にして、ごまかすことが多いと聞いていた。

「それが、島造たちが口にしたのは、町方が手入れをしたばかりの賭場だったらしい。やつら、噂で耳にした賭場を口にしたのかもしれねえ」

孫六が渋い顔をして言った。

源九郎は胸の内で、やはりそうか、とつぶやいただけで、

「それで、島造と政次郎はどうなるんだ」

と、話の先をうながした。

「敲か、所払いでしょうよ」

「まァ、そんなところだな」

菅井が湯飲みの酒をかたむけて言った。

「これで、始末がついたな」

源九郎が、ほっとしたような顔をして言った。

すでに、長屋で監禁していた若松も解き放っていた。今後、若松は中村家で奉公はできず、牢人として暮らさなければならないだろう。若松も相応に罰せられたことになる。

それから、源九郎たちは、おさきと太助の旗本屋敷の暮らしや青山の用人としての仕事などを話題にした。

源九郎たちの話がとぎれたとき、

「おれには、心残りがある」

と、菅井が言い出した。

「なにが、心残りなのだ」

源九郎が訊くと、男たちの視線が菅井に集まった。

「おれは、青山どのに将棋で一度しか勝っていないのだ」

菅井が無念そうに言った。

すると、孫六が、「それが、菅井の旦那の腕だから、仕方がねえ」と小声で言い、茂次たちの顔に薄笑いが浮いた。

「いや、菅井どのは将棋が強い。それがしに、花をもたせてくれたのだ」

青山が言い添えた。

「青山どの、近くを通りかかったら、かならず長屋に寄れよ。そのとき、おれと一局やるのだ」

菅井が、もっともらしい顔をして言った。

「承知した。そうさせていただく」

「よし、飲んでくれ」

菅井が機嫌を直して貧乏徳利を手にした。

すると、他の男たちも湯飲みをかたむけたり、酒を注ぎ合ったりし始め、座敷が急に賑やかになった。

五

今日はおさきや青山たちが、はぐれ長屋を去る日だった。

源九郎はいつもより早く起きて、井戸端で顔を洗ってきた。そして、座敷で白湯《さ ゆ》を飲んでいると、戸口に近付いてくる足音がした。重い足音に聞き覚えがあった。斜向《はす》かいの家に住むお熊である。

「華町の旦那、起きてるかい」

腰高障子のむこうで、お熊の声がした。

「起きてるぞ」

源九郎が応えると、すぐに腰高障子があいて、お熊が顔を出した。

お熊は皿を手にしていた。握りめしが、ふたつ載っている。うすく切ったたくわんも添えてあった。

「朝めしは？」

お熊が土間に立ったまま訊いた。

「い、いや、まだだ」

源九郎が小声で言った。今朝はめしを炊いてなかったので、白湯だけで我慢しようと思っていたのだ。

「握りめしを持ってきたよ」

お熊は、手にした皿を上がり框《がまち》に置いた。

お熊は独り暮らしの源九郎を気遣って、にぎり飯や惣菜などをときおり持ってきてくれるのだ。

「すまんな」

源九郎は、白湯の入った湯飲みを手にしたまま上がり框のそばに来て腰を下ろした。

お熊は上がり框に腰を下ろすと、

「おさきさんや青山さまたちは、帰っちまうんだねえ」

しんみりした口調で言った。

どうやら、お熊はおさきたちのことを源九郎と話したい気持ちもあって、源九郎の家に来たらしい。

「ふたりにとって、山之内家で暮らすのが一番幸せだと思うがな」

そう言って、源九郎はにぎり飯を口にした。

「そうかもしれないねえ」

お熊は、しんみりした声で言った後、

「でも、旦那、おさきさんのことでは、妙に張り切ってたね。まさか、変な気を起こしたんじゃァないでしょうね」

お熊が、心底を覗《のぞ》くような目で源九郎を見た。

「ば、馬鹿なことを言うな。この歳で……」

源九郎が言いかけたとき、口に入れていた握りめしが喉につまった。慌てて、白湯を飲んで流し込んでから、

「この歳で、変な気など起こすか」

と言ったが、お熊の言うように、おさきと太助のために張り切っていたことだけは確かである。山之内から二度も百両もの礼金をもらっていたこともあるが、それだけではなさそうだ。

……おさきが、千代に似ていたからだ。

と、源九郎は気付いた。

意識はしてなかったが、心の底でおさきが千代と重なり、千代のためにやっていたと言えなくもない。

源九郎が黙ったまま握りめしを頬ばっていると、

「あたしの思い過ごしだね。……旦那は、女に気を奪われるような歳じゃァないものね」

お熊が、納得したような顔をして言った。

「うむ……」

源九郎は、男も女もな、棺桶に片足をつっこんでも、色気はあるものだ、と胸の内でつぶやいたが、黙したまま握りめしを頰ばった。

そのとき、戸口の向こうで、人声と大勢の足音が聞こえた。こちらに近付いてくるようだ。

「だ、旦那、来たようだよ」

「そうらしいな」

どうやら、おさきや青山たちが家から出てきたらしい。大勢なのは、長屋の住人がついてきたからだろう。

「早く、食べて」

お熊が、急《せ》かせるように言った。

「わ、分かった」

源九郎は慌てて残りのにぎり飯を頰ばり、白湯でめしを喉に流し込んだ。

大勢の人声と足音が、戸口の方に近付いてきた。

お熊が腰高障子をあけて外を覗き、

「旦那、来たよ！　長屋のみんなもいっしょだよ」

と、うわずった声で言った。

源九郎は立ち上がり、お熊といっしょに外に出た。

おさきと太助、それに青山と小暮が、大勢の長屋の者たちにかこまれてこちらに歩いてくる。菅井や孫六たちの姿もあった。

おさきや青山たちは、風呂敷包みをかかえていた。すでに、着物類や身の回りの物など、昨日のうちにそれぞれの引っ越し先に運んでいたので、ちいさな包みである。

もっとも、おさきと太助は、旗本屋敷で住むことになるので、持ち込む身の回りの物はわずかだと聞いていた。長屋で使っていた布団や食器などを、屋敷に持ち込むわけにはいかなかったのであろう。

おさき、太助、青山、小暮の四人は、戸口に立っている源九郎とお熊を目にすると近寄ってきた。

おさきが源九郎に顔をむけ、

「華町さま、いろいろお世話になりました。華町さまのことは、一生忘れません」

と、涙声で言って頭を下げた。

すると、脇に立っていた太助が、

「華町さまのことは忘れません」

と、声高に言った。太助の顔にも、別れを惜しむような色があった。

「い、いや、長屋のみんなが助けてくれたお蔭だ。……それにな、近くに来ることがあったら、いつでも長屋に寄るといい。みんな、待っているからな」

源九郎が言った。

すると、まわりに集まっていた長屋の者たちから、「そうだよ、いつでも来ておくれ」「待ってるからね」などという声が聞こえた。

「華町どの、こうやってわしらが、無事に屋敷に帰れるのも、長屋のみんなのお蔭だ。この恩は終生忘れぬ」

青山が言って頭を下げると、

「それがしも、華町どのをはじめ長屋のみんなのことは忘れません」

小暮も深々と頭を下げた。

青山とおさきたちは戸口から離れ、路地木戸の方に足をむけた。源九郎や長屋の者たちは、ぞろぞろと青山たちの後についていった。

青山とおさきたちは、路地木戸を出たところで、また御礼の言葉を口にし、源九郎たち長屋の者に頭を下げてから竪川通りの方に足をむけた。

青山たち四人の後ろ姿が路地の先に遠ざかると、菅井が源九郎に身を寄せ、

「華町、どうだ、一局」

と、つぶやいた。

「将棋か」

どうやら、菅井は青山と小暮という将棋相手がいなくなったので、源九郎を相手にする気になったらしい。

「それしかあるまい」

「うむ……」

源九郎は、ちいさくなっていく青山たちの後ろ姿に目をやりながら、

……また、いつもの長屋にもどったな。

と、胸の内でつぶやいた。

源九郎をはじめ長屋の住人たちに、日常の退屈と平安がもどってきたのであ

る。

「よし、やろう」

源九郎が声を上げた。

双葉文庫

と-12-45

はぐれ長屋《ながや》の用心棒《ようじんぼう》
老剣客躍《ろうけんかくおど》る

2015年12月13日　第1刷発行

【著者】
鳥羽亮《とばりょう》

【発行者】
稲垣潔
【発行所】
株式会社双葉社
〒162-8540 東京都新宿区東五軒町3番28号
［電話］03-5261-4818(営業)　03-5261-4833(編集)
www.futabasha.co.jp
(双葉社の書籍・コミックが買えます)
【印刷所】
慶昌堂印刷株式会社
【製本所】
株式会社若林製本工場

【表紙・扉絵】南伸坊
【フォーマット・デザイン】日下潤一
【フォーマットデジタル印字】飯塚隆士

落丁・乱丁の場合は送料双葉社負担でお取り替えいたします。
「製作部」宛にお送りください。
ただし、古書店で購入したものについてはお取り替えできません。
［電話］03-5261-4822(製作部)

ISBN978-4-575-66753-0 C0193
Printed in Japan

鳥羽亮

はぐれ長屋の用心棒
すっとび平太

長編時代小説
〈書き下ろし〉

華町源九郎たち行きつけの飲み屋で客二人と賄いのお峰が惨殺された。下手人探索が進むにつれ、闇の世界を牛耳る大悪党が浮上する！

鳥羽亮

はぐれ長屋の用心棒
老骨秘剣

長編時代小説
〈書き下ろし〉

老武士と娘を助けたのを機に、出奔した者を上意討ちする助太刀を頼まれた華町源九郎と菅井紋太夫。東燕流の秘剣〝鍔鳴り〟が悪を斬る！

鳥羽亮

はぐれ長屋の用心棒
うつけ奇剣

長編時代小説
〈書き下ろし〉

何者かに襲われている神谷道場の者たちを助けた華町源九郎と菅井紋太夫。道場主の妻に亡妻の面影を見た紋太夫は、力になろうとする。

鳥羽亮

はぐれ長屋の用心棒
銀簪《ぎんかんざし》の絆

長編時代小説
〈書き下ろし〉

大店狙いの強盗「聖天一味」の魔の手を恐れた長屋の家主「三崎屋」が華町源九郎たちに店の警備を頼んできた。三崎屋を凶賊から守れるか。

鳥羽亮

はぐれ長屋の用心棒
烈火の剣

長編時代小説
〈書き下ろし〉

はぐれ長屋に引っ越してきた訳ありの父子。三人の武士に襲われた彼らを助けた華町源九郎たちは、思わぬ騒動に巻き込まれてしまう。

鳥羽亮

はぐれ長屋の用心棒
美剣士騒動

長編時代小説
〈書き下ろし〉

敵に追われた侍をはぐれ長屋に匿った源九郎。端整な顔立ちの若侍はたちまち長屋の人気者となるが……。大好評シリーズ第三十弾！

鳥羽亮

はぐれ長屋の用心棒
娘連《こ》れの武士

長編時代小説
〈書き下ろし〉

はぐれ長屋に小さな娘を連れた武士がやってきた。源九郎たちは娘を匿うことにするが、どうやら何者かが娘の命を狙っているらしく……。

鳥羽亮

はぐれ長屋の用心棒

磯次の改心

長編時代小説〈書き下ろし〉

はぐれ長屋の周辺で殺しが立て続けに起きた。源九郎は長屋にまわし者がいるのではないかと怪しむが……。大好評シリーズ第三十二弾。

鳥羽亮

はぐれ長屋の用心棒

八万石の危機

長編時代小説〈書き下ろし〉

かつて藩のお家騒動の際、はぐれ長屋に身を寄せた青山京四郎の田上藩に、またもや不穏な動きが……。源九郎たちが再び立ち上がる！

鳥羽亮

はぐれ長屋の用心棒

怒れ、孫六

長編時代小説〈書き下ろし〉

目星をつけた若い町娘を攫っていく集団が、江戸の街に頻繁に出没。正体を突き止めるべく、源九郎たちが動き出す。シリーズ第三十四弾。

鳥羽亮

浮雲十四郎斬日記

金尽剣法《かねずくけんぽう》

長編時代小説

直心影流の遣い手・雲井十四郎は御徒目付の小田島らに見込まれ、辻斬りや盗賊からの警護を頼まれる。その裏には影の存在が蠢いていた。

鳥羽亮

浮雲十四郎斬日記

酔いどれ剣客

長編時代小説

渋江藩の剣術指南役を巡る騒動の渦中、江戸家老・青山邦左衛門が黒覆面の刺客に襲われた。十四郎は青山の警護と刺客の始末を頼まれる。

鳥羽亮

浮雲十四郎斬日記

仇討ち街道

長編時代小説

直心影流の遣い手である雲井十四郎は、男装の女剣士・清乃の仇討ちの助太刀をすることに。江戸を離れた敵を追って日光街道を北上する。

鳥羽亮

浮雲十四郎斬日記

不知火の剣

長編時代小説

大身旗本の家督争いに巻きこまれた十四郎。闇に浮かぶ妖火の如き魔剣を、果たして破れるのか!?　痛快時代エンターテインメント。